猫化け騒動——目利き芳斎 事件帖3

第一章　岡場所

一

「なんだい、なんだい。千里眼《せんりがん》の先生が聞いて呆《あき》れるよ。おタマの行方もわからないんじゃや、とんだへっぽこだ」

　口汚く大声で罵《ののし》って、階段を下りていく大柄な老婆を見下ろし、和太郎《わたろう》はそっと声をかける。

「お熊《くま》さん、どうぞ、お気をつけなすって」

　どたどたどたっ。

「わ、大丈夫ですかい」

「へんっ。どうも、おやかましゅうございましたっ」

階段の下の吐き捨てるようなお熊婆さんの捨てぜりふを耳にしても、鷺沼芳斎《さぎぬまほうさい》は一向に気にする様子もない。

「長閑《のどか》だねえ、和太さん」

梅花堂《ばいかどう》の二階で口からふうっと煙草《たばこ》の煙を吐き出して、煙草盆の灰落としに煙管《きせる》を打ちつける。雁首《がんくび》がやたら太くて火皿が猪口《ちょこ》のごとく大きな煙管なので、勢いよくぱあんと音がする。桃の節句も花見の時期も過ぎた三月半ば、晩春である。

「いやあ、先生。可愛いおタマがいなくなったなんて言うから、てっきり孫娘でも家出したんだろうと思ったら、猫とは畏《おそ》れ入りました」

「おまえさんらしいな。可愛いおタマちゃんと聞いて、どんな子かなあと、顔を思い浮かべたんだろう」

「いやですよう」

図星なので和太郎は首筋を撫でる。

「でも、あのお熊婆さん、よほど猫可愛がりに可愛がってたんだろうなあ。思い余って先生を訪ねるなんぞは」

湯島天神《ゆしまてんじん》に近い道具屋、梅花堂に千里眼の先生あり。

店の二階に寄寓《きぐう》する鷺沼芳斎の名は、江戸中に知れ渡り、失せ物や尋ね人、様々な謎を持ち込む客がやってくる。

背が高くて髪は総髪《そうはつ》、目つきは鋭いが、気性は穏やか。二年前の秋にふらりと江戸に現れて、縁あって立ち寄った梅花堂で書画や道具類の目利きを頼まれ、そのまま二階に居つき、訪れる客の身分や素性などを見ただけで言い当てるので、いつしか千里眼の評判が広まったのだ。

無職渡世《ぶしょくとせい》の旅に出ていた道楽息子の和太郎が、昨年の秋にひょっこり帰ってきて、今では亡き父金兵衛《きんべえ》の跡を継いで梅花堂の若主人に収まり、芳斎に目利きの教えを乞う傍《かたわ》ら、謎解きの手伝いもしている。

近所に住む町奉行所の手先、天神下《てんじんした》の義平《ぎへい》親分も御用の筋で難問が持ち上がると、芳斎を頼りに梅花堂の二階まで訪ねてくる。出不精《でぶしょう》の芳斎だが、ときに和太郎を伴い捕物に出向くことさえある。昨年師走《しわす》に芳斎が裏で手伝った小石川《こいしかわ》の大捕物は大評判となり、瓦版《かわらばん》にも大きく書きたてられた。

「それにしても、先生。猫の行方知れずまで持ち込まれたんじゃ、かないませんよねえ」

芳斎は再び煙管に煙草を詰め、煙草盆の火入れの炭で火をつける。

「うむ。このところ、目利きのほうも閑《ひま》だし、謎解きもあんまり面白い話がないからなあ」

「ほんと、そうです。こないだの踊る雛人形《ひなにんぎょう》の一件以来、これといっためぼしい謎もありませんし」

「おいおい、和太さん」

芳斎はいやな顔をする。

「踊る雛人形の一件、あんなものは謎解きでもなんでもない」

言われて和太郎は首をすくめる。

「おっしゃる通り、あっけない話で先生がわざわざ出向くほどでもありませんでしたが、お雛様が踊るっていうのは、ちょっと面白かったでしょ」

「いいや、ただのお笑い種《ぐさ》だ」

大きく煙を吐く芳斎。

ははあ、あの一件は先生、よほどつまらなかったと見える。和太郎は内心、にやにやする。

日本橋《にほんばし》の大店《おおだな》、播磨屋《はりまや》の幼い娘が夜中に泣きじゃくる。母親がようやくなだめて聞いてみると、お雛様が踊るので、それが怖いというのだ。

四年前の天保《てんぽう》度の御改革で贅沢《ぜいたく》が次々に禁じられ、華美な雛人形を飾ったというだけで伝馬町《てんまちょう》に入牢した町人も出る始末であった。羽振りのいい金持ちもお咎《とが》めを恐れて派手な雛祭りは見合わせ、みな質素な紙雛で我慢していた。

いったん御役御免《おやくごめん》となりながら昨年に老中首座に返り咲いた水野越前守《みずのえちぜんのかみ》がこの二月に辞職し、御改革のほとぼりもきれいにさめたので、今年は娘のために立派な飾りつけを誂《あつら》える大店も増えた。

播磨屋は大きな呉服屋で、四つになる娘お道《みち》のために贅《ぜい》の限りをつくした立派な雛段を用意した。最初は大喜びだったお道が突如として雛人形を怖がる。わけを聞いても幼いゆえ、ただお雛様が踊るというだけで、はっきりしたことがわからない。果たして人形が本当に踊るのか、あるいは別のわけがあるのか。播磨屋の女房が梅花堂を訪れ、芳斎に謎解きを依頼した。

人形には魂が宿ると伝えられており、本当か嘘か、自然に動いたり、口を利いたり、髪が伸びたりといった怪異もしばしば語られている。踊る人形とは面白い。ならばその正体、見届けよう。

ちょうど閑を持て余していた芳斎が、和太郎を伴い播磨屋まで出向いたのは節句の前日、三月二日のことである。

大店だけあって、奥の座敷には今年誂えたばかりという真新しい雛段があり、男雛女雛の内裏《だいり》雛、三人官女、五人囃子《ばやし》、左大臣に右大臣、三人上戸《じょうご》、ぼんぼり、菱餅《ひしもち》、人形の大きさに合わせた膳や食器、簞笥《たんす》長持《ながもち》などの道具類、駕籠《かご》や牛車《ぎっしゃ》までそろった贅沢《ぜいたく》な飾りである。

芳斎は天眼鏡《てんがんきょう》で雛段を丹念に調べたあと、幼いお道に、踊るのはどのお雛様かと問うと、お道は首を横に振る。ここにあるお雛様ではなく、先《せん》のお雛様がどうして自分を飾らないのかと、怖い顔で踊りながら詰め寄るというのだ。

そこで、昨年まで飾っていた質素な紙雛のありかを調べてみると、踊る雛人形の真相はたちまち判明した。

播磨屋にはお道より三つ上の庄太《しょうた》という息子がいて、これが物置で以前の紙雛を見つけ、お道とふたりだけのときに不気味な声色《こわいろ》を使って紙雛を踊らせ、妹を怖がらせていたのだ。

「たしかにわかってみれば、どうってことなかったですね。つまんない一件といえば、そうなんですけど。でも、先生、あの息子はなんだって、あんないたずらをしたんでしょう」

さもつまらなさそうに芳斎は紫煙《しえん》をくゆらす。

「そりゃ、言うまでもない。大店のひとり息子としてちやほやされ、可愛がられていた。それが三つ下の妹が生まれたとたん、親は妹ばかり大事にする。桃の節句の立派な雛段。誂えたばかりというのに左大臣の弓の弦《つる》がはずれていて、右大臣の太刀《たち》の柄《つか》がまくれていた。おそらくは息子が勝手に遊んで疵《きず》つけたのだろう。それでこっぴどく叱られたのかもしれない。

「男の子はそういうのが好きですからねえ」

和太郎も覚えがある。店にある商売ものの人形で遊んで、父に思い切り殴られた。ありゃ、痛かった。

「親がそのつもりでなくとも、子供心に依怙贔屓《えこひいき》を感じれば、兄弟姉妹、妬《ねた》み心から必ず仲が悪くなる。ないがしろにされたと思った息子が大事にされている妹を憎み、親の目の届かぬところで意地の悪いいたずらをしたのだ。親がちゃんと気づいて息子をたしなめるなり、目を光らせるなりしていれば、あんなことは起こらずにすんだはずだよ」

「先生、いつもながらすごいですよ。新品のお雛様のちょっとした瑕《きず》で、そこまでわかるんだから。あの立派なお雛様、ひょっとして踊ったりするのかと思うほど、よくできていましたからね」

「ふふ、左甚五郎《ひだりじんごろう》じゃあるまいし」

「あたしはひとり息子ですが、親から大事にされたことなんてなかったなあ。親父はいつも、あたしを叱りつけ、ぶん殴ったりしてましたし、おふくろもあの調子でいつも小言《こごと》ばかり」

「いやいや、おまえさんは梅花堂の跡取りとして大事にされていたんだ。大事にされたことは忘れて、子供心にぶたれたことだけが深く残る。父御《てご》の金兵衛さんがおまえを叱りつけていたのは、立派な道具屋として仕込みたかったからだとわたしは思う。それがわかるのは、自分が親になったときかな」

芳斎は寂しそうに笑う。

「そんなもんですかねえ。わかりたくもないけど」

「いずれにせよ、踊る雛人形の一件、骨折り損のくたびれ儲《もう》けだった。後味もよくなかったしな。まだ猫の家出のほうが幾分ましかもしれん」

とはいえ、芳斎が播磨屋から多額の礼金を受け取ったのを和太郎は知っている。くたびれ儲けと言いながら、先生、けっこう稼いでいるんだ。

「でも先生、猫の家出じゃ、たいして礼金は望めませんよ」

「いやいや、謎解きが面白ければ、謝礼などはいくらでもかまわない。ほんの気持ちだけで」

またあんなこと言ってるよ。

「それなら、先生。おタマちゃんの行方、取り組んでみたらどうです。面白い謎解きになりませんかねえ」

芳斎は大きくあくびをする。

「さあて、どうだろうなあ」

「先生の千里眼でも猫の行方は知れないと」

「何度も言うように、わたしは千里眼ではないし、神通力《じんつうりき》もない。話を聞いて、糸口をつかみ、筋道を立てて道理を探るだけだ。あの婆さん、こちらの問いかけにまともに答えない。住まいが湯島妻恋町《つまこいちょう》、婆さんの名前がお熊、いなくなった猫の名前がおタマで太った大きな雌《めす》の三毛《みけ》。それしか言わないんだからな。これじゃ、推量する材料が少なすぎる」

「うん、そりゃそうですよね」

「あと、わかったことといえば、お熊婆さんの住んでいるのが仕舞屋《しもたや》で、連れ合いには先立たれてひとり住まい。近所の用足しなど、ちょっとした手間仕事を頼まれているようだ。娘がひとり、親子の仲はよくない。よそに嫁《とつ》いでからはほとんど行き来がないので、寂しくて猫を飼っていたのだろう。ま、そんなところだな」

和太郎は目を丸くする。

「へえ、婆さん、そんなこと一言《ひとこと》も言ってませんけど、なんでわかるんですか」

「和太さん、わたしは道具の目利きもするが、人の目利きもする」

澄ました顔で煙草を吹かす芳斎。

「じゃあ、猫のおタマは」

「人の目利きはしても、猫の目利きは難しい」

「ほんとですかあ」

芳斎は笑う。

「いやいや、目利きしようにも目の前に猫がいないんだから」

和太郎はうなずく。

「出ていって帰ってこないんですから仕方ないか」

「もう少し詳しいことがわかればいいのだが、まず、猫がいなくなるについては、いくつか考えられるよ。猫という生き物は人よりもよほど気まぐれだから、ぷいと家を出て、何日も帰ってこないことはよくある。また、老いた猫は寿命がくると飼い主に死に様を見せたくないので姿を消す。あるいは、今は春だ。みゃあみゃあと鳴きながら、遠出して相手を探しているのかもしれん」

「盛りのついた猫とはよく言ったもんです。妻恋町ならありそうだ」

「うむ、それに今年の春は一段と風の強い日が多いだろう。それで猫がいなくなったのかもしれんな」

「春の嵐ってくらいですからね。屋根の上の猫が風で吹き飛ばされていなくなったんですね」

「いやいや、そうじゃない。雨が少ない上に風が強いと、砂嵐が吹き荒れる。細かな砂埃《すなぼこり》が舞い上がって目に入るだろ」

　和太郎は顔をしかめる。

「痛いんですよ、目に入ると。あたし、ほら、以前に上州《じょうしゅう》を旅してたでしょ。かかあ天下と空《から》っ風《かぜ》、街道の砂嵐にはずいぶんと難儀しました」

「うん、目に砂が入ったとき、すぐに真水で洗えばいいのだが、放っておくと、眼病《がんびょう》を患《わずら》うことになる」

「いやですよねえ。目は大切にしないと」

「眼病が流行《はや》ると、盲人が増える」

「そりゃまあ、いい医者にかかればいいけど、藪《やぶ》もけっこう多いからな」

「盲人が暮らしを立てるには、按摩《あんま》もみ療治か、琴《こと》や三味線《しゃみせん》を奏《かな》でるかだ。琴よりは三味線が売れるな」

「そうですね。うちの道具屋でも琴は値が張ります。三味線なら手軽だし」

「盲人が増えて三味線がたくさん売れると、新しく作るだろ」

「品薄になれば、そうするでしょう」

「三味線の胴を張る材料はなんだい」

「そりゃ、猫の皮。あっ」

「うん、三味線屋に売りつけるため、猫捕りが増える。だから、風の強い日が続くと猫がいなくなる」

和太郎はぽかんと口を開けて芳斎を見る。

「先生、それって、落とし噺《ばなし》ですか」

「太った大きな雌猫なら、けっこうたくさん取れるんじゃないかい、三味線の材料が」

芳斎はにやにやしながら煙管を灰落としに打ちつける。

「なんだ、いやだな。真面目に聞いてたら。お熊婆さんにそんなこと言ったら、どやされますよ」

「ははは、すごい剣幕の婆さんだった」

「なにしろ、名前がお熊。名は体《たい》を表すとはよく言ったもんです。婆さんにしては大柄で色黒で、まるで熊ですよ。あんなのに山道で出くわしたくありませんね。あたしのおふくろがお寅《とら》、いい勝負だ」

「なにも山道とは限らない。今年の正月、三田《みた》から高輪辺《たかなわあた》りで大火事があっただろ」

「はあ、今年は春から風がよく吹きますから、火が出ると、たまりません」

「あのとき、火事場で大きな熊が暴れて、大騒ぎになったじゃないか。山道だけじゃない。町にも熊が出る」

「ああ、そうでした。瓦版にも書かれてましたが、江戸の市中で熊が暴れるなんてねえ。火事と熊とで逃げ惑う人は大変だったでしょう」

「熊は怖いよ。熊手というぐらいだから、あの大きな前足で叩かれるとひとたまりもない。しかも人の頭にかぶりついて、むしゃむしゃ食うからね」

　和太郎は大熊が人を食う場面を思わず頭に浮かべてしまう。

「うわあ、いやだなあ。むしゃむしゃ食われるなんて」

「そのとき、どこからか謎の武芸者が現れて、熊の急所を刀で突き刺し、あっという間に退治して大事には至らなかったそうだが」

　和太郎はにやりとする。

「へへ、名も告げずに去っていったその熊退治の武芸者、ひょっとして」

芳斎の顔をじっと見る。

「先生じゃありませんか」

「おい、なにを言い出すんだ」

「だって先生、諸国修行の旅で山道もずいぶん歩いたんでしょ。絵の修行といいながら、山で出遭った熊や狼《おおかみ》や山賊《さんぞく》を退治しながらの武者修行だった」

和太郎は芳斎の剣術が相当に凄腕《すごうで》なのを知っている。

「馬鹿馬鹿しい。そりゃ、山道も何度も歩いたが、熊にも狼にも山賊にも出遇わなかったな。せいぜい美女に化けた女狐《めぎつね》ぐらいだ」

「女狐かあ」

和太郎はごくんと唾《つば》を呑み込む。

「それなら、あたしも化かされてみたいや」

とんとんとんと階段を上がって、小僧の卯吉《うきち》が顔を見せる。

「旦那様、お客様でございます」

「ふうん、目利きかい。それとも」

「女の方が人探しをお願いしたいと」

芳斎が身を乗り出す。

「尋ね人かな」

「はい。それが、先生ではなく、旦那様にお願いしたいとおっしゃって」

「あたしに」

和太郎は驚く。

「どんなお方なんだ」

「若いおかみさんで、なかなかの別嬪《べっぴん》」

「うっ。その方が先生ではなく、あたしに人探しを」

「へへ、そうなんですよ」

卯吉はにやにやしながら、上目遣《うわめづか》いで和太郎をうかがう。

「では、上がっていただきなさい」

「へーい」

芳斎先生ではなく、俺に名指しで人探しとは、どういうわけだろう。和太郎は首をひねる。たしかに先生にくっついて何度か謎解きのお供はしたが、片腕とうぬぼれるほどの働きはしていない。広い世間のどこかで俺を認めてくれている人がいたのだろうか。しかも別嬪とくれば、願ってもないうれしい話だ。

「はは、和太さん。こいつは狐かもしれないよ」

芳斎は眉《まゆ》に唾をつける仕草。

「化かされないようにな」

静々と階段を上がってきたのは、二十前後の町家《まちや》の女房。すらりと背が高く、瓜実《うりざね》顔《がお》で、目鼻立ちもくっきりしている。畳に手をついて、頭を下げ、和太郎を見上げて、にっこりと微笑《ほほえ》む。

「こんにちは」

和太郎はどぎまぎして、挨拶《あいさつ》を返す。

「あ、どうも、ようこそおいでなされました。当家の主《あるじ》、和太郎でございます。こちらが鷺沼芳斎先生ですが」

芳斎は軽く会釈。

「よしなに」

女は芳斎に向き直る。

「申し遅れました。芳斎先生、わたくし、下谷御数寄屋町《したやおすきやまち》から参りました花《はな》と申します。先生の千里眼のお噂はかねがね承《うけたまわ》っております」

「ほう、お花さん。では、なにゆえ、わたしではなく、この和太さんを指名なされたのかな」

　お花は和太郎を見て、再びにっこりと笑みを浮かべる。

「それは、先生よりも、こちらの和《わ》っちゃんのほうが、このたびの人探しに向いてるからです」

　美女に見つめられ、馴《な》れ馴れしく和っちゃんと呼ばれて、ぶるっと震える和太郎であった。

「あのう、おかみさん、以前、どこかであたしとお会いなされましたかな」

　ぷっとお花は吹き出す。

「なに言ってんのよ、和っちゃん。あたしのこと覚えてないの？　いっしょによく遊んだじゃない」

　和太郎は動揺する。吉原《よしわら》で遊んだ女だろうか。いや、こんな別嬪にはお目にかかった覚えはないが。

「はあ、ええっと、どちら様でしたか」

「もうっ、忘れっぽいのねえ。蠟燭屋《ろうそくや》の花よ」

「蠟燭屋の。あああっ」

　和太郎は大声をあげる。

「おまえ、お花ちゃんかい。あの門前《もんぜん》の洟垂《はなた》らしのお花」

「いやねえ、和っちゃん。もう洟なんか垂らしてないわ」

和太郎の頭の中で子供の頃の思い出が甦《よみがえ》り駆け巡る。

お花は和太郎より三つ下で、湯島天神門前の蠟燭屋のひとり娘であった。がりがりに痩せて、色が黒くて、いつも洟を垂らしており、店の商売はあまり芳《かんば》しくないのか、薄汚れた着物は粗末だった。その袖で洟を拭《ぬぐ》うので、近所の子供たちから疎《うと》まれ、仲間はずれにされていた。

たまたまお花がいじめられているところを通りかかった和太郎が、子供ながらも男気を出して、かばってやったことがあり、それ以来、お花は年上の和太郎を慕って、和っちゃん、和っちゃんとくっついてくる。一時期、いっしょによく遊んでやったものだ。

手習い仲間で仲のいい経師屋《きょうじや》のせがれ半次郎《はんじろう》に「おまえ、女と遊んでるのかよ」とからかわれて、それからだんだんとお花を遠ざけるようになり、いつしかお花のことは忘れてしまっていた。

「へええ、あのお花ちゃんかあ」

がりがりに痩せた色黒の洟垂らしが、すらりと背が高くて、まるで歌麿《うたまろ》の錦絵のごとき美女になっているとは。女というのは、つくづくわからない。

「なにびっくりしてんのよ」

「いや、なに」

　和太郎はお花に見惚れながら、思わず後悔する。あのとき、邪険に遠ざけるような真似をせず、ずっと仲良く付き合っていたら、この別嬪といい仲になっていたかもしれない。

「で、蠟燭屋のおじさん、おばさんは息災《そくさい》かい」

　お花は暗い顔になる。

「おとっつぁんは元気なんだけど、おっかさんが二年前に急な病《やまい》で亡くなったの」

「そいつは気の毒に」

　梅花堂は湯島天神の北側の切通町《きりどおしまち》にあり、蠟燭屋は南側の門前だから、疎遠になると、わざわざ訪ねることもない。

「二年前か。俺のおとっつぁんも二年前だった。旅先にいたから、親父が死んだのも知らず、おふくろにずいぶんとどやされたよ」

「そうだったわね。おじさん、やさしいいい人だった」

「そんなことないぜ。いつも俺、ぶたれてたもんな」

「でも、あたし、小さい頃、いつも和っちゃんと遊んでたでしょ。夕暮れになって、和っちゃんが家に帰るのにもくっついていって、そしたら、おばさん、いっしょにご飯食べていくかいって。あたしが遠慮がちにもじもじしてたら、おじさんがお花ちゃん、おいでおいでって。どんだけうれしかったか」

お花は思い出して涙目になる。

「へえ、そんなことがあったっけ」

「はい、おじさんのお弔《とむら》いには、お線香あげさせてもらいました」

「そいつはありがとう」

「うちのおとっつぁんね、おっかさんがなくなると、すぐに後添《のちぞ》いをもらって、あたし、新しいおっかさんとしっくりいかなくて、だんだん家に居づらくなって、で、ちょうど一年前、お雛祭りの頃に御数寄屋町の経師屋に嫁いだのよ」

「ふうん。去年の春かあ」

和太郎が三年の旅から江戸に戻ったのが去年の秋である。あと半年、いや、あと一年早く江戸に舞い戻っていたなら、ひょっとしてお花と湯島天神の境内かなんかでばったり出会い、あら、懐かしいわなんて言われて、再び仲良くなっていたかもしれないのだ。

ああ、失敗したなあ。

横から芳斎が口を出す。

「お花さん。おまえさんが和っちゃん、いや、和太さんの幼馴染《おさななじみ》であることはわかった。が、どういうわけでわたしより和太さんが人探しにふさわしいのかな」

「はい。先生の千里眼のご高名、なんでもお見通しなのは存じ上げておりますが、いなくなった亭主の行き先、和っちゃんならすぐにわかるのではないかと」

「ほう、人探しとはご亭主のことか」

「さようでございます」

和太郎はさっきから、頭の隅でなにかが引っかかっていた。

「お花ちゃん、おまえ、下谷御数寄屋町の経師屋の嫁になったって言ったけど」

「ええ、そうよ」

「あそこには俺と仲のよかった手習い仲間がやっぱり経師屋をしてるんだ。覚えてるかなあ。半次郎っての。同じ町内に経師屋が二軒あるのは、ちょいと商売の上で都合悪くないかい」

「いいえ、町内には経師屋はうち一軒だけよ」

「じゃあ、半次郎の店は」

「ちゃんとあるわよ」

どういうことだ。

「もう、相変わらず察しが悪いのねえ。あたしが和っちゃんに探してほしいのは、あたしの亭主の半次郎よ」

二

「ええっ、お花ちゃん。おまえが半ちゃんの嫁に。いったいどういうわけだよ」

「わけってほどのこともないけど」

お花は半次郎とのいきさつを語る。

一昨年に母が亡くなり、お花が売り場を手伝うようになると、とたんに店が繁盛し始めた。その秋、半次郎がぶらりと蠟燭を買いに店に立ち寄ったのだという。

「おう、お花ちゃん、俺だよ。和太の野郎といつもつるんで遊んでた半次郎だ。覚えてるかい」

というわけで、昔話に花が咲き、旅に出たらしく江戸から姿を消した和太郎のことで話がはずみ、気がついたらいい仲になっていたというのである。

「なんだって」

　和太郎は悔しがる。御数寄屋町にも蠟燭屋ぐらいあるだろうに、わざわざ湯島天神門前まで買いに行くとは。半公め、お花ちゃんが店に出て、看板娘の評判が立ったので、わざわざ覗きに行きやがったな。それで、江戸を留守にしている幼馴染のこの俺を出汁《だし》に使って、お花ちゃんと仲良くなるとは、とんでもねえ野郎だ。

「でね。去年の春の雛祭りの頃に祝言《しゅうげん》」

「へええ」

　それを聞いて、和太郎は大きく溜息をつく。

　思えば、半次郎は昔からいい男であった。経師屋といっても大きな店ではなく、親の跡を継《つ》いで表具師《ひょうぐし》になったが、長身で体格がよく気風《きっぷ》もいい。居職《いじょく》というよりは、粋《いき》でいなせな鳶《とび》かなんぞの仕事師に見える。

　小太りで人のよさそうな丸顔の和太郎と違い、若いのに苦《にが》み走った半次郎は女によくもてた。

　和太郎は思い出す。初めて吉原へ行った十七の春のこと。半次郎と浅草《あさくさ》で飲んでいて、え、おまえ、まだ行ってないのかい、と言われて、じゃあ今から頼むよ、と連れてってもらったのが安い河岸店《かしみせ》だった。半次郎の奢《おご》り。男っぷりもいいが気前もいいのだ。女はやたら半次郎をちやほやするので、割を食ったものだ。

その後も誘われて、吉原や深川《ふかがわ》の岡場所にも通い、半次郎が奢ってくれた。どういうわけかいつも半次郎がもてる。あっちは役者のような二枚目で、こっちは三枚目。奢られているとはいえ、あんまり面白くない。そこで和太郎は父親の目を盗んで、帳場からこそこそ金を持ち出し、ひとりで吉原に通い始めた。何度か通ううちに、気に入った花魁《おいらん》ができた。俺だってまんざらじゃない。裏を返して馴染みになって、それから入れあげて通いつめ、起請文《きしょうもん》までもらって、親父にばれて、喧嘩《けんか》して、家を飛び出し、三年間の極道旅《ごくどうたび》。そもそも、そのきっかけとなったのが半次郎と初めて行った吉原だったのだ。

ちくしょう、半公の野郎、俺が旅に出ている間に、こんな器量良しのお花ちゃんと所帯を持つなんて。一年前の雛祭りの頃か。いい男の半次郎と別嬪のお花ちゃん、祝言の席ではさぞや、雛人形のごとく美しかったに違いない。ああ、俺はほんとに割を食うなあ。

「お花さん」

芳斎が横から口を出す。

「和太さんを名指しというのは、おまえさん、ご亭主の行き先にあてがあり、それが和太さんとかかわりがあるのだな」

　お花は大きくうなずく。

「さようでございます。さすがは芳斎先生、よくおわかりですね。実は五日前に、ささいなことで亭主半次郎と諍《いさか》いがあり、ぷいっと家を飛び出したきり、戻ってまいりません」

「どこへ行ったのか見当がつくんだね」

「出ていくときに、都《みやこ》の辰巳《たつみ》しかぞ住むという喜撰法師《きせんほうし》の歌を小唄の節回しで唄い、ちょいと遊んでくらあと憎たらしい捨てぜりふ。さては深川かと」

「深川というと」

　芳斎が首を傾《かし》げたので、和太郎が説明する。

「先生、都の辰巳といえば深川。深川で遊ぶといえば岡場所ですよ。吉原ほど堅苦しくなくて、けっこう安く遊べるんです」

「ほう、岡場所か」

「で、お花ちゃん、半公の野郎、五日も音沙汰なしなのかい」

「そうなのよ」

　なんてやつだ。こんな別嬪の女房がありながら、五日も深川で居続けかよ。

「して、お花さん」

芳斎が言う。

「夫婦喧嘩のもとはどのようなことかな」

言われてお花は肩を落とす。

「はあ、それが、ごくつまらない、ささいなことでございまして」

「かまわぬから、言ってごらん。どんなささいなことでも、ご亭主を探す手がかりになるやもしれぬので」

「では、申します。所帯を持って一年、喧嘩らしいことは一度もしたことがなかったのですが、つい五日ほど前のこと。池之端《いけのはた》の商家のおかみさんが襖《ふすま》の張り替えを頼みに来られまして。そのおかみさんが紙の色模様など相談しながら、うちの人のこと、うっとりと見てるんですよ。そんなことは初めてじゃないんで、いつもなら気にもしませんが、ちょっと色っぽいおかみさんでしたので、うちの人もなんだかうれしそうにおかみさんを見返しているようで。それで、あたし、つい悋気《りんき》を起こしまして、おかみさんが帰ったあと、うちの人に言いました。女の人に見惚れられて、鼻の下伸ばして、鼻毛抜かれるんじゃないわよ、この色男が。とまあ、そんなようなことを」

和太郎はぽかんと口を開け、芳斎と顔を見合わせる。

「そしたら、うちの人、おまえこそ、昨日、軸《じく》を頼みに来た練塀小路《ねりべいこうじ》の隠居に見つめられて、うれしそうにもじもじしてただろ、なんて馬鹿馬鹿しい。邪推もいいところですよ。それで、言い争いになって、おまえさんはどうして、そんなに女にもてるのさ、とあたしが問い詰めますと、おまえこそ、いつも男にじろじろ見られやがってと怒ります。それでとうとう、うちの人、怒りにまかせて、そんなに言うならいっそのこと、もっともっと、もててきてやると。どこへ行くんだと言ったら、さっきも申しました喜撰法師の歌」

「みやこのーたつみーしかーぞーすーむー」

思わず、小唄の節回しで唄う和太郎である。

「和っちゃん、あたしを馬鹿にしてんのかい」

お花に睨みつけられて、和太郎は大きく首を振る。

「いやいや、そういうわけじゃないが。お花ちゃん、それって犬も食わないような喧嘩だねえ」

ごくつまらないささいな口喧嘩。なるほどその通りである。

「でも、喧嘩したのは所帯を持って初めてのことなの。あの人、もう五日も帰ってこないのよ。今まで、こんなに長い間家を空《あ》けることなんて一度もなかった。あたしは心配で、心配で、夜も眠れなくて」

「わかったけど、俺をあてにしてきたというのは、いったいどういうわけだい」

「そりゃ、和っちゃん、昔からうちの人とよく遊んでたでしょ」

「まあ、幼馴染だからね」

「いっしょに吉原や深川に女郎《じょうろ》買いに行ったたって、うちの人が言ってたわ」

和太郎は顔をしかめる。

「おまえたち、ふたりでそんな話をするのかよ」

「するわよ。和っちゃんといっしょに女郎買いに行くと、一段ともてるので、いつも奢ってたって」

「おいおい、そいつはひでえなあ。俺が引き立て役だったたっていうのか」

「あ、ごめんなさい。でも、先生がおっしゃったじゃない。どんなささいなことでも手がかりになるかもしれないって。ねえ、先生」

芳斎は苦笑する。

「和っちゃん、うちの人と深川へはしょっちゅう行ってたんでしょ」

「さあな。俺はもっぱら吉原だったからなあ。半ちゃんと深川へはそんなにたびたびは行ってないよ」

「そうなの」

「せいぜい、十回かなあ」

「まあ、十回も」

「吉原通いにくらべたら、そんなの数に入らないよ」

なにしろ、自慢じゃないが、吉原には花魁から起請文を貰うほど通い詰めたのだ。

「で、深川ではいつもおんなじ店だったの」

「うん、深川はいつも半ちゃんの奢りで、馴染みの店だったな。俺が引き立て役で」

ちょっと皮肉を込める。

「じゃあ、うちの人、きっとそこへ行ってるんだわ」

「どうかなあ。深川七場所《ななばしょ》いろいろと店はあるから」

「和っちゃんとはいつもおんなじ店に行ってたんでしょ」

「五年前はね」

「ということは、馴染みができたら、決して浮気はしないと思うの。あの人、あれでけっこう義理堅いから」

岡場所通いの亭主が義理堅いとは呆れた話だ。

「ねえ、お願い。こんなこと、和っちゃんにしか頼めない。深川のそのお店を知ってるなら、どうか、うちの人を見つけ出して、連れ戻してほしいのよ。ね。深川の岡場所なんてところ、あたし、怖くて行けないもの」

美しいお花が手を合わせて懇願するので、和太郎は渋々請け合う。

「うん。そんなに言うなら、仕方ないな。ひと肌脱ごう」

「わあ、うれしい。やっぱり和っちゃん、頼りになるわ」

お花は大きな目でじっと和太郎を見つめる。

「あたしね、今だから言うけど、子供の頃、ずいぶんいじめられてたでしょ。和っちゃんがかばってくれたこと、今でも覚えているの。あたし、あの頃、大人になったら和っちゃんのお嫁さんになりたいって、思ってたのよ」

「よせやい」

そう言いながらも、和太郎はぞくぞくする。

「ほんとよ。でも、和っちゃんたら、あたしのこと、だんだんいやがるようになったでしょ」

「そんなことないぜ」

「いいのよ。あたし、あの頃はいつも洟垂らして汚かったものねえ」

和太郎は言葉もない。

「じゃあ、和っちゃん、うちの人のこと、よろしくお願いします」

　すっと立ち上がり、階段を下りていくお花をじっと見送る和太郎であった。

「それで和太さん、おまえさん、深川の岡場所、あてはあるのかい」

「ええ、五年ほど前に行ったっきりですが、まあ、十回は行ってるので、なんとかなりましょう」

　ふと見ると、芳斎は書物棚にある切絵図を広げている。

「ほう、深川は遠いんだなあ」

「ここからだと、ざっと吉原の倍はかかりますね」

「その道のりをわざわざ行くというのは、深川の岡場所は吉原とはまた違う風情《ふぜい》があるのかな」

「そうですねえ。岡場所というのはなにも深川に限ったことじゃありません。吉原の廓《くるわ》はお上《かみ》がお認めなさっていますが、それより他の色里《いろざと》は吉原の他《ほか》ということでみんな岡場所です」

「なるほど、他の場所で岡場所か。洒落《しゃれ》だね。では、他にもあっちこっちにたくさんあるんだな」

「ありますとも。なんてったって花のお江戸ですよ」

和太郎は自慢気に胸をそらす。

「先生といっしょに行った吉原、大変な賑わいだったでしょ」

「ああ、そうだったなあ。あんなに大勢の男が毎晩吉原で遊んでいるのだな」

昨年の秋、百人一首の歌がきっかけで取り組んだ大名家の盗まれた茶碗の一件、和太郎と芳斎は手がかりを求めて二度も吉原の大門《おおもん》をくぐったのだ。

「吉原は毎晩、大賑わいですが、江戸にはもっともっと男がいっぱいいます。とても吉原ひとつだけじゃ、間に合わないんです」

「ふうん」

「そこで、大江戸八百八町、あちこちに岡場所があるというわけです。まず御府内《ごふない》ならば、深川。他に上野山下《うえのやました》、根津権現《ねづごんげん》、芝神明《しばしんめい》、音羽《おとわ》が名高いです。それに江戸の周りの宿場町、千住《せんじゅ》、板橋《いたばし》、品川《しながわ》、内藤新宿《ないとうしんじゅく》、旅の行き帰りに飯盛女《めしもりおんな》が相手をしてくれますが、客はなにも旅人とは限りません」

「ほう、それがみんな岡場所なのか」

「というか、まだまだそんなもんじゃない。男と女のいるところ、江戸中、どこにでもあるんです」

「なるほどなあ。人間《じんかん》至るところ色欲あり」

　和太郎は感心する。

「へへ、先生、面白いことおっしゃいますねえ。この近くなら、妻恋坂にもちょいとした場所がありますよ」

「妻恋坂といえば、お熊婆さんの近所だな。さてはおまえさん、行ったことあるのかい」

「いえいえ、あそこはちょっとおっかなくて。あたしはもっぱら吉原です。少々値は張るが、安心して遊べます」

　ああ、それにしても、吉原、全然行ってないなあ。また行きたい。と余計なことが頭をよぎる和太郎である。

「岡場所も宿場町も、どこもお上《かみ》に内緒で春をひさいでいるわけだな」

「内緒といえば内緒ですが、お役人は見て見ぬふり。吉原ほど難しいしきたりもないし、安く遊べます。だけど、変な店には必ず質《たち》の悪い博徒《ばくと》や地回り、ごろつきが裏に控えていて、下手《へた》に引きずり込まれると、恐ろしい目にあいますよ」

「だろうねえ」

「北の吉原、南の品川、辰巳の深川と並び称されるほど、深川は岡場所ながら吉原の廓や品川の宿場並みにちゃんとした店が多いんです。吉原だと小店《こみせ》でも揚がるだけで一分《いちぶ》はしますが、深川ならぴんからきりまであるけど、二朱《にしゅ》もあれば、そこそこの店で遊べます。七福神じゃありませんが、深川七場所といって、八幡様《はちまんさま》から永代橋《えいたいばし》のあたり、仲町《なかちょう》、土橋《どばし》、石場《いしば》、佃《つくだ》、櫓下《やぐらした》、裾継《すそつぎ》、新地《しんち》、まだ他にもいろいろ」

「さすが、和太さん。そういうことには詳しいねえ」

感心して芳斎は何度もうなずく。

「で、おまえさんが十回通ったという馴染みの店、どこのなんという店か覚えているのだな」

「へへ、といってもね、あたしは七場所、全部行ったわけじゃありませんよ。その中では永代寺門前の仲町が一番賑やかで、店の数も女の数も他より多いです。岡場所でも上等の茶屋に揚がって置屋から女を呼ぶと、やっぱり金がかかります。あたしが半ちゃんと行ったのは、そんな高い店じゃない。あいつの奢りだったからなあ。ええっと、たしか、仲町の笹屋《ささや》でしたかねえ」

「笹屋か。まだあるといいが」

「そうですねえ。えっ」

和太郎は怪訝《けげん》な顔をする。

「どういうことです」

「ほら、四年前の御改革、贅沢がことごとく禁じられただろう。立派な雛飾りをしただけで牢に入れられたり、芝居の成田屋《なりたや》、七代目団十郎《だんじゆうろう》は江戸所払い。芝居も見ちゃいけなかった」

「ありゃりゃりゃあ」

四年前に和太郎が旅に出たのは、父の金兵衛と喧嘩したこともあるが、御改革で息苦しくなった江戸がいやになったからでもある。

音曲《おんぎよく》はいけない。花見はいけない。祭りはいけない。舟遊びはいけない。人の集まる寄席はいけない。五人以上の酒盛りはいけない。髪結《かみゆい》はいけない。下賤《げせん》な浮世絵や戯作《げさく》もいけない。当然ながら、吉原以外での岡場所はいけない。夜鷹《よたか》も湯女《ゆな》もいけない。

「岡場所は取り潰《つぶ》しになったんじゃないのか」

「そうだった。たしかに、おっしゃる通り」

でも、どういうわけか北の吉原だけはよかったんだ。あの御禁制の最中でもちゃんと大門は開いていた。取り締まるお役人もやっぱり男だからなあ。岡場所は禁じても、遊里《ゆうり》吉原だけは残したかったんだ。

とすると、深川は今どうなのだろう。もともと表立った商売ではない。四宿《ししゅく》はさすがに江戸の外の宿場町だから吉原同然におかまいなしだったが、江戸市中の岡場所は御改革で一番に矛先を向けられたのだ。御改革が尻すぼみになったとはいえ、元の活気が戻っているのだろうか。お花に安請け合いをしたものの、半次郎の馴染みの店、笹屋が元通りにあるかどうかはわからないのだ。

「弱ったな、どうも」

和太郎は頭を抱える。

「うむ、とりあえず、深川まで行ってみるしかあるまい。おまえさんの幼馴染が五日前に深川へ遊びに行ったとすると、深川には岡場所がまだあるということだ」

「あ、そういや、そうですね」

和太郎は安堵する。

「案ずるより産むがやすしとも言うぞ。頭を抱えていても始まらない。笹屋があるかないか、ともかく行ってみることだ」

「はい」

「及ばずながら、わたしも同行しよう」

「え、先生が」

「このところ、どうも退屈で仕方がない。深川岡場所の人探しのほうが、猫の家出よりは面白そうだ」

芳斎先生がいっしょなら、百人力である。

「先生、ありがたいっ」

「当たるも八卦《はっけ》、当たらぬも八卦、失《う》せ物、尋《たず》ね人、評判の千里眼におまかせあれ」

三

「おっかさん、じゃあ、先生といっしょに、ちょいと出かけます」

帳場のお寅はじろっと睨む。

「和太、おまえね。店が閑なときぐらい、品物の目利きや値踏みの指南、先生にしっかりご教授願って、少しは商売に身を入れなきゃだめだよ」

「わかってるよ」

「そう言いながら、おまえ、ちっとも上達しないじゃないか」

「そうかなあ」

「いくら春だからといって、帳場に座ってる間、居眠りばっかりしてるだろ。大きな鼾《いびき》までかいて」

はたきをかけながら、小僧の卯吉が笑いをこらえている。

「それはそうと、さっきのお客さん、門前の蠟燭屋のお花ちゃんだね。昔、よくうちに遊びに来てたじゃないか。立派なおかみさんになって。ああ、あんな子がおまえの嫁さんになってくれたら、どんなによかっただろう」

「俺もそう思う」

和太郎は寂しくうなずく。

「さっき聞いたら、なんでも経師屋の半ちゃんの嫁になったっていうだろ。あたしゃ、驚いたよ」

「うん、俺も驚いた」

和太郎は肩を落とす。

「おまえ、江戸に戻ってまだ挨拶にも行ってないのかい。半ちゃんとはあんなに仲よかったのに、駄目じゃないか。おとっつぁんが死んだとき、急だったろ。弔いのとき、半ちゃんがお通夜から来てくれて、おまえがいないもんだから、いろいろと手伝ってくれたんだよ」

「え、そうなのかい」

「あの子は子供の頃からしっかりしてた。頼りになるねえ、おまえと違って」

余計なお世話だ。

「今度会ったら、ちゃんと礼を言うんだよ」

「ああ、わかったよ」

「あ、そうだった。なんだ、そういうことだったんだねえ。ははは、あたしゃ、今頃気がついた」

お寅がひとりでうなずき、にやにやする。

「なんだい」

「おとっつぁんの弔いのときさ、半ちゃん、経師屋だけあって字がうまいというので、帳場を手伝ってくれて、あの子、いい男だろ。近所のおかみさんやなんか、半ちゃんのこと役者みたいだって噂してたよ。で、お花ちゃんが弔いに挨拶に来てくれたとき、ふふふ」

「なんだい」

「半ちゃんとお花ちゃん、目が合ったような、合わないような」

「えっ」

「ふたりがいっしょになったのは、ひょっとして、あのとき目が合ったのがきっかけかしら」

「ほんとかよ」

ああ、馬鹿馬鹿しい。お花と半次郎の縁結びは親父の弔いだったのか。そのあと、半公の野郎、涼しい顔して門前に蠟燭買いに行きやがったんだな。

「それはそうと、和太、今からどこへ行くんだい」

「だから、先生とね」

「おまえ、店が閑だからって、遊び歩いてちゃ駄目だよ」

芳斎が羽織袴《はかま》に脇差といういで立ちで階段を下りてくる。

「おかみさん、では、ちょっと出かけます」

「はい、先生、どちらまで」

「うん、和太さんのお供で深川の岡場所まで」

「なんですってえ」

お寅は目を吊り上げる。

「和太、おまえ、いい加減にしないと怒るよ。先生を誘って吉原ばかりか、深川の岡場所だって」

和太郎はあわてる。

「いや、違うんだよ、おっかさん。遊びに行くんじゃなくて、人探し」

「どういうことだい」

「だから、お花ちゃんに頼まれたんだよ。半ちゃんが深川で居続けして帰ってこないから、連れ戻してくれって」

「呆れた。そうなのかい。おまえと違って、半ちゃんはいい男でもてるからねえ。それでおまえが深川まで」

「そうだよ」

「ふんっ、木乃伊《みいら》取りが木乃伊になるんじゃないよ」

「行ってらっしゃいまし」

　卯吉の元気な声に送られて、ふたりは往来へ出る。

「さあ、和太さん、今日もいい天気だ。そろりそろりと参ろうか」

　晩春の空は晴天であった。

「ここから深川はどういう道のりになるのだ」

「はい、幾通りかありますが、まずは下谷御成道《おなりみち》へ出まして」

「うむ」

さっさと歩き始める芳斎。御成道を南に向かうと神田川《かんだがわ》に突き当たる。筋違御門《すじかいごもん》を渡り、川沿いに柳原《やなぎわら》通りを東に進む。

普段は梅花堂の二階にじっとしていて、たまに湯屋《ゆうや》に行くか、不忍池《しのばずのいけ》のほとりで蓮《はす》や鯉《こい》や亀《かめ》を眺めているだけの芳斎だが、健脚で足が速い。若い頃から剣術で足腰を鍛えた上に、諸国を遍歴していたからだろう。

やがて左に浅草御門、猪牙舟《ちょきぶね》の浮かぶ柳橋《やなぎばし》へと続く。

「おお、たしか師走にこの橋を渡ったな」

「そうでした。あの一件、面白かったなあ」

柳橋は渡らずに、さらに進むとざわざわと人のざわめく両国広小路《りょうごくひろこうじ》に出る。

「これはなんと」

芳斎は顔をしかめる。

「すごい人出《ひとで》じゃないか。今日はなにかの祭礼か」

出不精で人の多く集まる場所が苦手《にがて》なのだ。

「別にお祭りじゃありませんよ。下谷の広小路もけっこう人が多いですが、ここ両国は格別です」

「いつもこんななのか。これじゃ、とても深川までは無理だ。引っ返そう」

和太郎はあわてる。

「駄目ですよう。先生、ここまで来て引っ返すなんて」

袖を引かれて芳斎はいたずらっぽく笑う。

「はは、冗談だよ」

と言いながらも見世物小屋や露店の並ぶ雑踏に息を呑む。

「にゅうめん、冷やぞうめん」

「おかけなさりませ」

「お煙草あがりませ」

通行客をあてこむ屋台や物売りの声もかしましい。

「ちょうどいい。煙草が吸いたいところだ。一服していこう」

「わかりました。まだまだ先は長いですから」

ふたりで茶店の床几《しょうぎ》に腰掛け、芳斎は煙草入れを出し、和太郎は茶を頼む。

両国橋の両側は本来火除《ひよ》け地で、いつでも取り片づけられるよう茶店などはよしず張りが決まりだが、からくり、曲芸、手妻《てづま》、講釈、化け物、珍獣、活《い》き人形など立派な普請《ふしん》の見世物小屋が立ち並ぶ。色とりどりの幟《のぼり》がたなびき、人々は足を止め看板を見上げて呼び込みの口上《こうじょう》に聞き入る。人出で道が埋まっており、それぞれの小屋から三味線や笛や太鼓《たいこ》の音が流れる。

「それにしても、たいそうな賑わいだなあ」

芳斎は溜息をつく。

「やっぱり引き返そうか」

「駄目ですよう」

和太郎に睨まれ、芳斎は懐《ふところ》から切絵図を取り出し広げる。

「ほう、大川《おおかわ》の向こうも両国か」

もともとは隅田川《すみだがわ》のこちら側が武蔵《むさし》の国。東側が下総《しもうさ》の国。ふたつの国にまたがる橋なので両国橋。同じ両国でも川を挟んで日本橋側はただの両国、本所《ほんじょ》側は向《むこう》両国とも東両国とも呼ばれている。

「さあ、では橋を渡りましょう」

人々がすれ違う橋の真ん中で芳斎はふと立ち止まる。

「なるほど、大川というぐらいだから、川幅はたいしたものだな」

大小の屋根船が橋の下を行き来する。

橋を渡り終えると向両国。こちらにも小屋掛けの店が並んでいる。

「ほう、こっちの見世物は、さらにきわどいな」

「うわあ」

和太郎は思わず叫ぶ。毒々しい見世物の絵看板は一糸まとわぬ裸の女で顔が猫、尻尾の生えたなまめかしい図である。

「こいつは目の毒ですねえ。猫娘ですって。たしかに猫が着物着てちゃおかしいや。ねえ、ちょいと覗いてみましょうか」

「馬鹿言っちゃいけない。ほんとに引っ返すぞ」

和太郎は首をすくめる。

「この先が回向院《えこういん》です。今日はまだ、人が少ないほうですが、ご開帳のときなどは、師走に行った浅草観音様と変わりません」

「うえぇ」

芳斎は浅草の奥山《おくやま》で気分が悪くなったことを思い出す。

「じゃ、こっちから行きましょう」

回向院の手前を右に曲がり、一《ひと》つ目橋《めばし》で竪川《たてかわ》を渡り、そこからは御舟蔵《おふなぐら》や武家屋敷の並ぶ大川沿いを心地よい川風に吹かれながら南に向かう。万年橋《まんねんばし》、上ノ橋《かみのはし》、中ノ橋《なかのはし》を渡るとそこは永代橋《えいたいばし》の東詰め。

「おおっ、この向こうが海か」

夕暮れが近づく深川にいつしか潮の香りが漂っている。

「はい。ここまで来れば、仲町の岡場所は近うございますよ。さ、参りましょう」

永代寺門前仲町《えいたいじもんぜんなかちょう》は通りに大きな茶屋が並んで、そこそこの賑わいを見せている。

「なるほど、これが岡場所か」

「御改革のあとも、全然潰れちゃいませんね」

和太郎はほっと胸を撫でおろす。吉原とまではいかなくとも、さすがに深川随一の仲町である。

「おまえ、吉原は庭みたいなもんだと威張っていたが、ここ深川はどうなんだい」

「庭とはいきませんや。五年ほど前に十回ばかり来ただけですから。おまけにあのときは毎回半次郎の奢りでした。あたしはただ、あとをくっついて歩いていただけ。とてもとても、吉原のようなわけにはいきません」

四方を堀に囲まれた吉原と違い、深川の岡場所には大門のような入口もなく、川には橋が架かっていて周囲の町との境界もない。

「ともかく、笹屋を訪ねようじゃないか。おまえの幼馴染の半ちゃんがいればいいのだが」

「そうですよねえ」

が、笹屋があったとして、半次郎が果たしているだろうか。義理堅いとはいえ、馴染みの女がまだ同じ店にいるとは限らない。和太郎自身、五年ほど前に十回ばかり同じ敵娼《あいかた》と手合わせしたが、今では顔も名前も思い出せないのだ。

ま、行けばなんとかなる。

「笹屋、笹屋と」

表通りに軒を並べているのは、どこも一見して料理茶屋である。吉原のように花魁道中もなければ、格子越しに女が顔を見せているわけでもない。たいていは茶屋に揚がって、置屋にいる女を呼び出すのだ。

半次郎は気前がよくて、いい仕事で金が入ったときに和太郎を誘ってくれた。とはいえ、茶屋に女を呼び出すのはけっこうかかる。そこで、ちょっと脇に入った女郎屋に直《じか》に揚がる。半次郎はなかなかの遊び人で、仲町界隈に通じており、笹屋はいい女がそろっていて、けっこう楽しめた。

「ええっと、どこだったかなあ。どこも似たような茶屋ばかりだ。あ、三浦屋《みうらや》か。そこの横道に入って、たしか」

和太郎に従って、芳斎も横道に入る。

「うん、ここだったかなあ。あれ」

店の前の番頭が声をかけてくる。

「旦那方、いかがです。お寄りなさいまし」

「番頭さん、ここは笹屋さんじゃ」

「いいえ、手前どもは亀屋《かめや》でございますが」

「違うなあ。番頭さん、笹屋ってのはご存じありませんかい。たしかこのあたりだったと思うんですが」

「存じませんねえ。それより、どうぞ、手前どもへお揚がりくださいな」

「そうだな。じゃ、また」

大通りから横道、裏道をうろうろする和太郎。何軒か聞いてみたが、どこも笹屋を知らないという。

「おい、和太さん、見つからないかい」

「五年前に十回ばかり来ただけだからなあ。ひょっとして、御改革で潰れて、なくなっちまったかもしれませんねえ」

いつしか日が暮れて、どの茶屋にも軒灯《けんとう》が灯《とも》る。

「あ、そうか」

「どうした」

「あたしね、前に来たときはいつも夜だったんですよ。どうも様子が違うなあと思ったら。ねえ、明るいうちと夜とじゃ、まるで景色が違います」

「そうか。じゃあ、暗くなったから、そろそろわかるかな」

　岡場所は夜の町である。日が落ちると、往来にだんだん人が増えてくる。茶屋の二階では、いっしか飲みながら、騒いで女と戯れる客たちの姿もちらほらと見える。

「いいなあ」

　和太郎は羨ましそうに茶屋を見上げる。思えば、江戸へ戻って半年、まだ一度も遊んでない。

「和太さん、お手上げかい」

　呆れたように芳斎が言う。

「いやあ、どうも弱りました。皆目《かいもく》見当がつきません。こうなりゃ、片っ端から一軒一軒あたって」

「それもひとつの手だが、どの店も笹屋なんて知らないと言うだろう。たとえ知っていても、商売敵《がたき》だ。教えずに、自分の店に揚がれと言う」

「一理《いちり》ありますね」

「ちょいとそこらで、一杯やって方策を練ろう」

「え、お酒ですか」

「うん、岡場所といっても、茶屋や置屋ばかりじゃないだろ。蕎麦屋《そばや》だって、あるじゃないか。ほら、そこに」

「あ、ほんとだ。手頃なところに」

「煙草も一服やりたいしな」

芳斎は煙草は切らしたことがないほど好きだが、酒もけっこう強いのだ。

「古くからある蕎麦屋の亭主なら、笹屋の場所を知ってるかもしれん」

「なるほど、そういうことですか。さすがに尋ね人の名人。目のつけどころが違いますね」

ふたりでぶらりと入った蕎麦屋。蕎麦と酒を注文し、芳斎は煙草盆を引き寄せる。

「和太さん、おまえさん弱いんだから、飲みすぎるんじゃないよ」

「わかってますって」

蒲鉾《かまぼこ》を肴《さかな》に一杯やって、やがて蕎麦をたぐる。

「笹屋のお仙《せん》がよう、俺にぞっこんで、ぞっこんで」

衝立《ついたて》の向こうで酔っ払いの大声が耳に入る。

「へへへ、兄貴はもてるからねえ。ああ、あやかりてえ、あやかりてえ」

「二日も居続けたんだぜ。それなのに、お仙のやつ、俺をなかなか帰してくれねえんだ」

「兄貴は色男だねえ」

「よせやい。だけど、色男といやあ、今朝がた、竹藪《たけやぶ》で倒れてた若いの。見たことあるぜ。ありゃ、笹屋の馴染みの野郎だ」

「知ってんのかい」

「よくは知らねえが、何度か笹屋で出くわしたことがあらあ。ちょいと役者のようないい男で、羽振りがいいからもててやがったぜ。女郎買いの帰りに追いはぎにでも狙われたかな」

「じゃ、くたばったのかい」

「息はまだあったそうだ。すぐに番屋に運ばれたがな」

「ふうん、くわばら、くわばら」

芳斎はすっと立ち上がり、衝立の向こうに声をかける。

「そちらの方々」

酒を酌み交わしていた職人風の若い男がふたり。いきなり衝立越しに現れたのが羽織袴に脇差、総髪でやけに背の高い浪人風なので、ぎょっとする。

「旦那、すいませんねえ。うるそうございましたか」

「いや、そうではない。そのほうら、今、笹屋がどうとか言っておったな」

面長《おもなが》の兄貴分が上目遣いで芳斎を見る。

「それがなにか」

「ならば、ちと尋ねたいことがあっての」

「なんでございましょう。笹屋はあっしが贔屓にしておりますが」

「うむ。実は以前、笹屋に揚がったことがあり、なかなかよい店であったので、参ろうと思ったのだが、場所を失念してな。さんざん迷ったあげく、ここで蕎麦を食っておる始末だ」

「へえ、旦那が。以前というと、いつ頃のことでござんしょう」

「かれこれ、五年ほど以前になるかのう」

「わあ、そんな前ですか」

兄貴株の男が大げさに驚く。

「旦那、深川は五年振りで」

「そうなるかのう」

「そいつはいけねえ。御改革でここら、変わっちまいましたからねえ。通りの料理茶屋はたいしてお咎めはなかったんですが、置屋やなんぞ、軒並み取り払いとなりました。そうなると、あたしらひとりもんは困りましょう。吉原へ行くか、品川へ行くか。思うに、岡場所のお取り潰しは、ありゃあ、吉原の差し金じゃありませんかねえ」

「そうかもしれんな」

「うちからだと、吉原も品川もどっちも遠いや。困ってたら、取り払いから一年もしないうちに、そっと盛り返しまして、ほっとしておりやす」

「うむ、色里がないとたしかに困る。で、笹屋は今、どうなっておる」

「へい、潰れたままの店もあり、新しく開く店もありで、笹屋は仲町から場所を変えましてね」

「おお、場所が変わったのか。道理で見つからぬはずじゃ」

「あっしはね、御改革前から笹屋に通っておりやす。高い店じゃないが、その割にいい女がいまして、へへ、まあ馴染みになったんで。それで一昨年かなあ、お仙から文を貰いまして。あ、お仙てのはあっしのこれ。ちょいと年増《としま》ですが、いい女」

男はにやけて小指を立てる。

「ずっと会えずにつらかった。また深川に出るようになったから来てちょうだい、なんてことが書いてある。場所は仲町から黒江町《くろえちょう》に変わったが、屋号は同じ笹屋のまま、西念寺《さいねんじ》横丁だから間違わないでと」

「黒江町の西念寺横丁か」

「へい、それからはたびたび通って。やっぱり万事堅苦しい吉原と違って、こっちはあっしらのようなもんには向いてまさあ。二日居続けしまして、今朝方、いったん引き上げたんですが、へへへ、今夜はこの野郎とふたりでまた行こうってことになりやして、ちょいと景気付けに一杯やってたとこなんです」

「そうであったか」

芳斎は店の亭主に声をかける。

「亭主」

「へーい」

「こちらの威勢のいい兄さんがたに酒を、わしの奢りじゃ」

「承知しました」

ふたりの男は恐縮する。

「こいつは旦那、畏れ入りやす」

「よい、よい。いまひとつ尋ねるが」

「へい、どうぞ、なんなりと」

「今朝方、なにやら行倒れがあったとやら」

「いいえ、行倒れじゃありませんねえ。ありゃ、追いはぎにでもやられたか、男が西念寺脇の竹藪に倒れてまして、ちょいとした騒ぎになってたんです。よく見ると、笹屋でときどき出会う客でして」

「若い男か」

「へい、まあ、あっしらよりはいくらか若うござんしょう。これが役者のようないい男で、もててやがった野郎です」

「亡くなっておったのか」

「まだ息はあるようでしたが、どうですかねえ。しばらくして、町役《ちょうやく》か世話人かで町内の番屋に運びましたよ」

「さようか。面白い話を聞かせてくれて、礼を言うぞ」

「旦那、これから笹屋へいらっしゃるんでしたら、ご案内しましょうか」

「うむ、それはありがたいが、ちと寄り道をいたすので、先に参る。そのほうらはゆっくりいたせ」

「ありがとうござんす」

芳斎に目で合図されたので、食べかけの蕎麦を途中で止《や》めて、和太郎はあわてて立ち上がる。

「先生、さすがだなあ。話を引き出すのが上手《じょうず》ですねえ。酒まで奢って」

「それより、おまえ、気にならないか」

「なにがです」

「竹藪で倒れていた若い男だ」

「はあ」

「笹屋の常連客で、気前がよく若くて役者のようないい男といえば」

「あっ」

「ともかく、番屋へ急ごう」

和太郎は考える。

竹藪で倒れていた若い男はひょっとして、半次郎かもしれない。まだ息はあるようだと言っていたが、追いはぎに襲われて助かるだろうか。いや、今頃はもう死んでいるかも。

番屋で身元をたしかめて、死人が半次郎なら、ここから下谷まで運ぶ算段をしなければならない。生きて連れ戻せず、せっかく頼まれたのに役に立たなかった。お花は悲しむだろう。

所帯を持って一年になるかならずで岡場所に居続けしたあげく、追いはぎに殺されるなんて。とんだ馬鹿野郎だ。俺の胸に顔をうずめて泣くお花を慰めるしかない。

泣いたって死んだ半次郎が生き返るわけじゃないぜ。この先、若いのに後家を通すことないや。どうだい、よかったら、俺のところへ来ないかい。

ああ、うれしい。あたし、子供の頃から和っちゃんのお嫁さんに。

「和太さん」

「はいっ」

「おまえ、さっきからどうしたんだ。にやけた顔でぼおっとして」

「いえいえ、なんでもないんで。ちょいと考え事を」

「黒江町の番屋は、ほら、あそこのようだ」

四

「ごめん」

黒江川に面した自身番で芳斎が声をかける。

「へーい、お待ちを」

戸を開けたのは白髪の小柄な老人である。この番所の定番《じょうばん》であろう。

「夜分、すまないが、ちと聞きたいことがありましてな」

「なんでございましょう」

「今朝方、ここへ若い男の怪我人か病人が運び込まれたとのこと。それについて、少々、尋ねたいのですが」

定番の老人はちらちらと芳斎を見定めている。

「あのう、失礼ですが、どちら様で」

「うむ、わたしは湯島の鷺沼芳斎と申します。ここにおるのは湯島梅花堂の主です」

定番は首を傾げ、はっとする。

「芳斎先生とおっしゃいますと、あの湯島天神の千里眼」

芳斎は和太郎と顔を見合わせる。

「その芳斎ですが」

「で、どのようなご用件でしょうか」

「実はですな、これなる梅花堂の知り人が深川で姿を消したというので、わたしが頼まれて探しております。もしや、運び込まれたのがその者かもしれぬと思い、参ったのですが」

「人探しでございますか」

「うむ、町人で歳の頃は二十二、三、背は高く、なかなかの美形、名は半次郎と申します」

「ははあ」

定番の老人は大きくうなずく。

「二十二、三の町人で、背が高く、なかなかの美形。ならば、ここに運ばれたのがそうかもしれません」

和太郎は芳斎にうなずく。

「先生、違いありませんよ」

「そのようだ。で、ご老人、その者はどうなりましたかな」

「はい、気を失ったまま、戸板で担ぎ込まれたんですが、片頰に傷を負っておりました。さいわい息は吹き返しましたが、ずっと寝たままなんですよ。昼頃、ちょいと目を覚ましましたんで、粥《かゆ》を食べさせていろいろ聞いてみたんですが、自分の名前も住まいも言わない。そのとき、たまたま近所の三毛が入ってきまして、そしたら、わっと飛び上がって、気でも触れているのか、わけのわからないことをしゃべって、また寝てしまいました」

「半ちゃん、猫嫌いだったかなあ」

和太郎は首を傾げる。

「では、素性のわからぬまま、今、ここにいるのですか」

「へい、奥の板の間に寝かせてあります。いつまでもこのままってわけにもいきません。芳斎先生の尋ね人ならちょうどいい。町役さんに声かけますんで、連れて帰っておくんなさい」

「そうですか。では、ちょっと上がらせてもらいます」

「へい、どうぞ、どうぞ」

芳斎と和太郎が番屋に上がると、奥の板の間の粗末な布団に若い男が横になっており、頬には生々しい傷がある。

「わあ、これじゃ、いい男が台無しだあ」

定番の老人がうなずく。

「そうなんですよ。けっこういい男なんですがねえ。だけどそんな深い傷じゃありません。血も固まったみたいだし。どうです、お知り合いでしたら、連れて帰ってくださいさいな」

　和太郎は顔をしかめながらも、男の顔をじっと見つめる。

「ありゃりゃ」

「どうした、和太さん」

「いえね。年格好は半次郎に似てるんですが、顔がずいぶんと違うんですよ。もう四年近く会ってないからなあ。半ちゃんはもっと顔が長くて、浅黒くって、顎《あご》が張ってて、ずっと男っぽいはずなんだ。この若いの、色は白いし、顎も細いでしょ。三年や四年でこんなにも人相が変わるとも思えません」

「半次郎ではないのか」

　和太郎は残念そうにうなずく。

「こりゃ、どうやら、人違いのようです」

「そうでございますか」

　定番もがっかりする。

　芳斎は懐から天眼鏡を取り出し、男の顔を仔細に眺める。

「他に傷は」

「その顔の傷だけだと思いますが」

「ふうん、これはどうも刃物の傷ではなさそうだな」

「そうでしょ。うわごとを言ってましてね。猫がどうのこうのと」

「猫」

「はい。ひょっとして、その顔の傷、猫に引っかかれたんじゃないでしょうか。世の中には猫が苦手って人がいるんですすねえ。猫もよく知ってて、猫嫌いを引っかいたりするんです」

男が薄目を開け、寝たまままきょろきょろと顔を動かす。

「お、気がついたようだね」

「ここはどこじゃ」

定番の老人に言われて、男は半身を起こす。

「なんだい、覚えてないのかい。昼に粥を食ったとき、言っただろ。黒江町の番屋だよ。おまえさん、朝、西念寺の前の竹藪で倒れていたのを、ここへ担ぎ込まれたんだ。そのあとずっと寝たままで、昼に粥食って、またすぐ寝ちまったのさ」

男は芳斎と和太郎に目を向ける。

「そのほうは」

「通りがかりの者。人を探しており、身元のわからぬ怪我人が番屋に運ばれたと聞いて、もしやと思い参ったのだが、どうやら人違いか。その顔の傷、いかがなされた。もしや、猫の爪で引っかかれでもなされたか」

「ああ」

男はあわてて頰を押さえる。

「猫の爪ならば、悪い毒でも入るとあとあと難儀ですぞ。ようく手当なされよ」

そのとき、番屋の入口を何者かが叩く。

「ごめんよっ」

「へーい」

戸の外に立っているのは、いかつい顔の町人である。

「なんでしょう」

「へへ、ここに、若い怪我人が朝方、運び込まれたって聞きましてね。あたしの知り合いじゃないかと思いまして」

「またかい」

「なにか」

「いや、こっちの話です。どうぞ、お上がりなすって。奥の板の間に寝かせてますから」

「じゃ、ちょいとお邪魔いたします」

町人はずいずいと入ってくる。男が寝ている脇に、芳斎と和太郎が座っているので、ぎょっとするが、布団の前にかがみ込み若い男に頭を下げる。

「若、あ、いや、若旦那」

「おお、十兵衛《じゅうべえ》か」

「はい。そのお顔の傷」

「なに、大事ない」

「起きられますかな」

「うむ」

若い男は立ち上がろうとし、ふらつくが、町人が支える。

「表に駕籠を待たせてあります。さ、参りましょう」

定番の老人があわてる。

「もし、今、町役さんを呼んできますんで、少々お待ちを」

「いえいえ、それには及びませんよ。あたしは日本橋淡路屋《あわじや》の番頭十兵衛と申します。これは若旦那で、家を抜け出し、この里へ遊びにいらして、なかなかお帰りがないので、あたしが迎えに参った次第です。駕籠を待たせてあります。いずれ、ご挨拶にはうかがいますので、どうぞ、今日はこれにて」

番頭十兵衛は定番に小粒を握らせる。

「わっ、こんなことしていただいては」

「世間体《せけんてい》もありますので、どうかご内聞《ないぶん》に」

「さようですか。ならば、町役にはあたしから伝えておきます」

十兵衛は芳斎と和太郎に頭を下げる。

「どうも、お騒がせいたしました」

「番頭さん」

芳斎は十兵衛を鋭い目で見つめる。

「若旦那のお忍び、危のうございますよ」

「あなた様は」

「鷺沼芳斎と申します。猫にはお気をつけなさい」

十兵衛は芳斎を見返す。

「心得ました」

若旦那を支えながら、番頭は出ていく。

「さてと、和太さん」

芳斎は立ち上がる。

「とんだ人違いだったな。これから笹屋に行ってみるか」

「そうですね」

「ご老人、笹屋はすぐ近くですかな」

「笹屋さんですか。はい、ここを出まして、西念寺の手前です。あそこはちょいとした穴場らしゅうございますからねえ。ふふふ、あたしはもう、遠《とお》の昔に御役御免ですが」

黒江町は仲町のすぐ隣町、移転した店が何軒かあるようで、通りの店にはところどころ軒灯が灯り、夜でも提灯《ちょうちん》は不要である。

「たしかに背はひょろっと高く二枚目には違いありませんが、ひ弱そうな若旦那でしたねえ」

「和太さん、あの番頭は只者じゃないよ」

「番頭にしてはごっつい感じでしたが」

「あの物腰、相当にできるな。わたしが思うに町人ではない」

「というと」

「腕に覚えの武芸者、お侍だな」

「そうなんですか」

「若旦那はさしずめ、お忍びの若様ってところかな」

「またまたあ、ほんとですか」

「ご禁制が解けたとはいえ、武士が堂々と岡場所通いはまずいだろ。それで、町人に身をやつして遊びにきたんだ」

「その若様が朝方、猫に襲われて竹藪に」

「ちょっと面白そうじゃないか」

「どうですかねえ。あ、先生、ここが笹屋ですよ」

覗き込もうとする和太郎にすかさず店の番頭が声をかける。

「どうぞ、いらっしゃいまし。お揚がりなさいませ」

和太郎は暖簾《のれん》をかき分ける。

「いやあ、番頭さん、探したよ」

「なんでございます」

「俺ね。しばらく江戸を留守にしてたんだよ。久々に戻ってきてさ。五年ほど前に何度かお世話になってるんで、それで仲町をうろうろして」

番頭はうれしそうに頭を下げる。

「ああ、さようでございましたか。ご贔屓様で。そうなんですよ。御改革の始まった翌年に、取り払いがございまして。しばらく葛西《かさい》のほうに引っ込んでたんで。ほとぼりがさめて、戻ってまいりましたが、以前の場所はもう先約がありまして、で、こっちのほうへ。どうぞまたご贔屓に願います」

和太郎はうなずき、芳斎を振り返る。

「先生、せっかくだから、揚がっていきましょうか」

「おい、和太さん」

睨まれて、肩をすくめる。

「番頭さん、つかぬことを聞くけれど、このうちに半次郎ってのが居続けしてないかい。御数寄屋町の経師屋で、俺の幼馴染なんだ」

「経師屋の半次郎さん。あなた、半さんのお知り合いですか」

「そうなんだよ。てことは、いるんだね」

「いるには、いるんですが、こりゃあ、ちょうどよかった」

「なんだい」

「半さん、うちの昔からのお馴染み様です」

「うん、俺も五年ほど前にいっしょに何度か遊ばせてもらったんだ」

「へへ、半さん、こっちの黒江町へ移ってからも、しばしばいらしてくださってたんですが、ここ一年ほど、ばったりとお見えにならない。いい男だから、おもてになる。他に気が移ったんじゃないか、うちで半さんといい仲の子が、そりゃあ、寂しがっておりましたら、五日前にひょっこりといらっしゃいましてね。で、久しぶりだなあというんで、派手にご散財いただきまして、朝になって勘定書きをお持ちしますと、うちの子が引き留めるんですよ。で、半さんにもう一日遊んでいただいて、翌朝、また居続けとなりまして、結局三日。ようやくお勘定をお願いしますと、驚いたことに、金が足りないとおっしゃるんです。いくら足りないのか。うちはそんなにはいただきません。三日居続けで、飲んだり食べたり、初日なんぞは芸者も呼んで、たいそうな大盤振る舞いでしたので、いくらかおまけして三両ぴったり。ところが一分しかないとおっしゃる」

「なにかい。半ちゃん、一分しかないのに、三日も居続けたの。芸者まで呼んで大盤振る舞い」

「そうなんでございますよ。で、お馴染みさんですが、うちは付けはご遠慮いただいておりますので、お家のほうへお知らせ願って、二両三分、お届けいただければと申しましたら。うーん、それが都合が悪いとおっしゃる」

「そうだろうなあ」

「じゃあ、どうするか。半さん、二両三分のお代分、ここで働かせてくれ、表具師としての腕はあるからと。それで、まあ、店中の襖や屏風《びょうぶ》、その他、いろいろとお願いしているようなわけでして。なかなか代金には不足ですが、足りない分は薪割《まきわり》でも皿洗いでもなんでもするということで、行灯《あんどん》部屋に入ってもらって」

「なんだよう。居残りしてんのかい。驚いたな、もう。番頭さん、じゃあ、足りない分、残りはこっちで出すから、半ちゃん、呼んでくれませんか。連れて帰るんで」

「そりゃ、願ってもない。では、少々、お待ちください」

番頭に連れられて、半次郎がのっそりと現れる。

「よっ、居残り半次郎、色男っ」

和太郎を見て、半次郎は笑い出す。

「はっは、だれかと思えば、和太ちゃんかい。残りの金を払ってくれる福の神は」

言われて和太郎ははっとする。財布にはそれほど持ち合わせがないのだ。芳斎に頭を下げる。

「先生、すいませんねえ。ちょいと、拝借できませんかねえ」

「ああ、わかったよ。番頭さん、帳場はどこだね」

「へい、どうぞ、御内証《ごないしょう》はこちらでございます」

芳斎が勘定を払っている間、半次郎は終始にやにやしている。

「すまないね、和太ちゃん。あのお方、ひょっとして、梅花堂の二階の千里眼の先生かい」

「うん、芳斎先生だ」

「おまえ、半年前に江戸に戻ったそうじゃないか。商売そっちのけで、千里眼の先生を手伝ってるんだって」

「商売そっちのけってことはないさ。合間にちょこっと」

「俺んとこへ全然顔を見せないなんて、水臭いじゃないか」

「すまない。商売にしろ、先生の手伝いにしろ、いろいろと忙しくてなあ。おふくろから聞いたよ。親父の弔いにいろいろと世話をかけたな。ありがとうよ」

「おばさん、泣いてたぜ。親の死に目に会わず、弔いにも顔を見せない親不孝なせがれだって」

和太郎は溜息をつく。

「それを言われると、もう、穴でもあったら入りたい」

「三年の間、どこをどうしてたんだい」

「まず日光へお参りして、あとは上州から下総まで、気楽な極道旅よ」

「ふうん」

「それより、おまえこそ、驚いたぜ。お花ちゃんといっしょになってたとはなあ。あんな別嬪の女房を持ちながら、深川に居続けどころか居残りとは」

「面目ねえ。それはそうと、和太ちゃん、どうしてここへ」

「だからさ。お花ちゃんに頼まれたんだよ。おまえを連れて帰れって」

「そうだったのか」

半次郎は頭を抱える。

「ああ、弱ったなあ。女房に顔向けできないことをやっちまった。あ、だけど、和太ちゃん、よくここがわかったね」

「お花ちゃんがおまえの行き先は辰巳だろうと言ったんで、辰巳といえば深川、前にいっしょに遊んだ笹屋だと見当つけてね。ところがなかなか見つからなくて、探し回ったぜ」

「苦労かけたな」

「俺ひとりじゃ、探し当てられなかった。芳斎先生が見つけてくださったのさ」

「さすがに千里眼の先生だね」

勘定を終えた芳斎が戻ってくる。

「芳斎先生、あたしは御数寄屋町の半次郎と申します。このたびはご厄介《やっかい》をおかけいたしました。お立て替えくださったお代のほうは、明日にでもお届けにあがりますので」

「うん、鷺沼芳斎と申す。いわば梅花堂の居候《いそうろう》のような者だ。おまえさんのことは、和太さんからいろいろと聞いている。よしなに」

第二章　山上家《やまがみけ》の猫

一

ああ、春だなあ。

梅花堂の帳場にちょこんと座り、和太郎はぼんやりしている。

三日前、深川の岡場所で勘定が払えずに居続けしていた幼馴染の半次郎を見つけ出し、御数寄屋町まで送り届けた。

夫婦喧嘩の末、あてつけに深川で遊び、五日も帰らなかった半次郎を、女房のお花は怒り狂って罵倒《ばとう》するかと思いきや、優しく手をとって、どんなに心配したか、無事に戻ってくれてこんなうれしいことはないと泣くのだった。半次郎はお花の肩を抱き、すまなかったと謝《あやま》って、それでおしまい。

馬鹿馬鹿しいにもほどがある。犬も食わないとはよく言ったものだ。だが、仲のいいところを散々見せつけられて、恋女房お花に惚れられている半次郎を和太郎は羨ましく思う。

そもそも和太郎が子供の頃、自分を慕うお花を遠ざけたのは洟垂《はなた》らしで汚かったからではない。むしろそんなことでいじめる連中に腹を立て、お花をかばってやったくらいだ。お花と遊ばなくなったのは、女と遊んでやがると半次郎にからかわれ、子供ながらも男の沽券《こけん》にかかわると思ったのである。その半次郎が今になってお花と仲睦《なかむつ》まじく暮らしているなんて、悔しい限りだ。

まあ、悔しがっても始まらない。俺もそろそろ身を固めなくちゃ。でも、こんな俺のところへ来てくれる嫁さんがいるだろうか。ついぼんやりして、余計なことばかり頭に浮かんでくるのは道具屋という商売がそれほど忙しくないせいだ。

一日中、店に客がひとりも来ないことだってしょっちゅうある。それで暮らしが立つのかというと、けっこう立っている。

亡くなった父の金兵衛がたいそうな目利きで、贔屓《ひいき》の客が多かった。旗本などが家宝と称する道具類を手放しに来ると、金兵衛は品物の値打ちがちゃんとわかり、公正な値で引き取る。日本橋などの裕福な商人がそれをまた高値で買っていく。

そういう高価な品が店の棚にも二階にもごろごろしているので、ひとつ売れると、当分は大丈夫なのだ。だが、売りに来るのがたいてい武士で、買いに来るのが金持ちの商人。天下泰平、お侍に値打ちのない世の中になったものだ。

「いらっしゃいませー」

卯吉の元気な声でふと我に返ると、がっしりとした年配の武士が暖簾《のれん》をかき分け入ってくるところだった。身なりは贅沢《ぜいたく》だが、歳に似合わず少々派手であり、御改革の最中なら目をつけられたかもしれない。

常連客ではなさそうだ。和太郎は頭を下げる。

「いらっしゃいませ」

「うむ、邪魔をいたすぞ。そのほうが主《あるじ》か」

威厳のある声音《こわね》である。

「はい、当家の主、和太郎と申します」

「三田《みた》より参った。越後月島《えちごつきしま》藩山上淡路守《やまがみあわじのかみ》の江戸留守居役、田中三太夫《たなかさんだゆう》である。こちらに目利き芳斎とか申す名人がいると聞き及び、お家に伝わる品を持参いたした。見てくれぬか」

「さようでございますか。はい、当家の二階でお品を拝見いたします」

「うむ」

「卯吉」

「へい」

「二階の先生にお客様だと伝えなさい」

「承知しました」

卯吉は二階に上がり、用件を伝えて、下りてくる。

「先生はお待ちです」

「よし、じゃ、おっかさんに帳場をお願いしておくれ」

「へーい」

「では、田中三太夫様、二階へご案内いたします。こちらへおあがりくださいませ」

和太郎が先に立ち、田中三太夫を二階に招《しょう》じ入《い》れる。

ぼんやりと窓の外を見ていた芳斎が、座り直して三太夫の前に手をつき深々と頭を下げる。

「鷺沼芳斎にございます」

「うむ、越後月島藩山上淡路守の江戸留守居役、田中三太夫と申す」

「越後でございますか。雪深いところとうかがっておりますが、今年はいかがでございます」

「さあ、いつもと変わらぬ。それにわしは江戸詰めゆえ、国元には滅多に行くことはない」

「お品をお持ちとうかがいましたが」

「うん」

三太夫は風呂敷包みを差し出す。

「これである」

「では、さっそくですが、拝見いたします」

風呂敷を解くと、古めかしい小さな木箱。

「ほう」

「代々伝わる品ではあるが、箱書《はこがき》のような余分なものはないぞ」

「わかりました」

芳斎は蓋《ふた》を開けて、絹布に包まれた小皿を取り出す。

「おお、これは」

書見台の天眼鏡を手にして、小皿を熱心に眺める。

「おわかりか」

「明朝《みんちょう》ですな。小さいながら色鮮やかで、澄みきっております」

三太夫は満足そうにうなずく。

「そうであろう」

「和太さん、おまえも拝見するがいい」

和太郎は言われて、恐る恐る小皿を捧げるように持ち上げ、うーんと唸る。

「たしかに見事な品でございます」

和太郎は再び、恐る恐る芳斎に手渡す。

小皿を箱に戻す芳斎を三太夫はじっと見つめる。

「いかほどになるかのう」

「お家の品、手放されるおつもりでしょうか」

「さて、値踏みの値《あたい》によるがの」

「さようでございますな」

芳斎はしばし考え込む。

「こちらでお引き受けするとして、五十両では」

三太夫は眉を曇らせる。

「なんじゃ、五十両、そんなものか」

「値打ちものではございますが」

「うむ。千両、万両とはいかぬまでも、せめて百両はすると思うたが」

「たしかにこの品、おっしゃる通り百両、いや、それ以上の値打ちはございます」

「ならば、なにゆえ五十両と申すか」

「梅花堂は道具屋でございます。百両で売る品を百両で仕入れておりましては商いになりませぬ」

「五十両で贖《あがな》い百両で売るとは、右から左に五十両の利、よい商いじゃのう」

「いえいえ、当家にとりましては五十両は大金でございます。すぐに買い手が見つかるあてもございません。ましてや、お大名家のなになにという品が入りましたと引札を出すわけにもいかず」

「むろんのことじゃ」

「五十両で仕入れましても、この先、いつ売れるやら。一年先、二年先、十年先まで箱のまま棚の奥で仕舞われ埃《ほこり》をかぶるだけかもしれず、また、わたくしどもとして、どうしても喉《のど》から手が出るほど欲するわけでもなく、まず、こちらでお出しできますのは五十両」

「なるほど」

留守居役は大きくうなずく。

「それが商いというものかのう。聞いてみれば、そのほうの申すこと、至極もっともである」

「その品、五十両で手放されますか、あるいは、お持ち帰りなさいますか」

「うん、これは持ち帰るといたそう」

「よい目の保養をさせていただきました。それがよろしいかと存じます。お家代々のお宝をわずか五十両で手放されることもありますまい。淡路守様」

田中三太夫と名乗る武士、言われてはっとする。

「芳斎、なにゆえわしが淡路守だと」

「ひとつは、お持ちになられたその品です。わたくし五十両と値をつけましたが、とてもとても、百両どころか、五百両はくだらない名器と思われます」

「おお、そうじゃ。わしもそう思うぞ。これが五十両とは、ふふふ、そのほう謀《たばか》りおったな」

「申し訳ございませぬ。それほどの値打ちの品、たとえ御留守居役様とは申せ、お屋敷から持ち出すことなどかなわぬのではないかと」

「うむ」

「いまひとつは、あなた様のお召し物、御留守居役にしては少々華美かと存じます。そして物腰やお言葉、普段ご家来にかしずかれておられるお方、決してお殿様に仕《つか》えるご家来には見えませぬ」

「うむ」

「それに、わたくし、先ほどから窓の外を眺めておりましたら、たいそうな立派な黒塗りのお駕籠《かご》がこちらへ来て止まりました。あれだけの乗物をお使いなされるはご身分のあるお方、ゆえに淡路守様ご本人かと」

「なんじゃ、そのほう、わしの乗物を見ておったのか」

「御意《ぎょい》」

「ならば、最初からわかっておったのだな」

「ははあ」

「さすが、千里眼と名高い目利き芳斎。うむ。そちの見立て通り、わしが山上淡路守じゃ」

ぽかんとふたりのやりとりを見ていた和太郎、驚きあわて、さささあっと座ったまままあとずさりし、畳に額をこすりつける。

「お殿様でございましたか。とんだ御無礼を」

「よいよい、今日は忍びで参ったのじゃ。こちらこそ、許せ」

「ははあ」

平伏し、固まったままの和太郎である。

「淡路守様、今日こちらへお越しの御用向き、お家代々の名器を披露なされに来られたわけではございますまい」

「いかにも。実を申せば、そのほうに頼みたい儀があっての」

「三日前に深川でお怪我なされた若様のことでございましょうか」

「なんと」

淡路守は大きく溜息をつく。

「千里眼との噂、まことであったか」

「いいえ、深川の自身番でお会いした若いお方、身なりは町人ではありますが、言葉遣《づか》いなどに気品あり、また迎えに参られたのが商家の番頭を装ってはおられましたが、物腰や足の運びから相当の使い手かと。その名も淡路屋の十兵衛と名乗っておられました。わたくしも問われて名乗りましたので、本日、お父上の淡路守様がお越しになられたのでございましょう」

「うむ、そこまで見抜かれたのでは、なにもかも正直に申すしかあるまい」

「それがよろしゅうございます」

「が、いささか外聞《がいぶん》をはばかることゆえ」

淡路守は和太郎を見る。

「ええ、どうも失礼をばいたしました」

和太郎はどぎまぎして、そっと立ち上がる。

「わたくしめはこれにて、引き下がらせていただきます」

「お待ち、和太さん」

芳斎がそれを引き留める。

「淡路守様、わたくしの謎解きには、この梅花堂の和太郎が片腕として欠かせませぬ。ご用件を和太郎とともに承《うけたまわ》るか、あるいは、このままお引き取りいただくか」

淡路守は和太郎をじっと見つめる。

「これ、和太郎と申したな」

「ははあ」

「許してつかわす。そのほうもいっしょに聞くがよい。が、他言無用《たごんむよう》じゃ。決して他に漏らすでないぞ」

「ははあ」

和太郎はさらに畳に額をこすりつける。

「心得ましてございまする」

とんとんとんと階段を上がり卯吉が姿を見せる。

「お茶でございます」

卯吉が茶を配ると、淡路守はにっこり笑う。

「大儀じゃ」

「どうぞ、ごゆっくりなさいませ」

卯吉もにっこり笑って階段を下りていく。


煙草盆を引き寄せる芳斎。

「失礼して、一服。淡路守様はお煙草《たばこ》、いかがでございます」

勧められた煙草を断り、茶を一口すすると、山上淡路守はゆっくりと語り出す。

「なにから話そうか。そうじゃな。わしにはふたり、せがれがおってのう。若い頃はなかなか子に恵まれず、ようやく三十路でふたりの子ができた。上の松之丞《まつのじょう》は今二十七。下が二十三の竹丸《たけまる》。これが先日、深川でそのほうらと出会うた道楽者じゃ」

「へえ」

和太郎、思わず声が出た。俺とおんなじ歳かよ、若様。

「いかがいたした」

「いえ、なんでもございませぬ」

淡路守に咎《とが》められ、和太郎は畳に額をこすりつける。

「松之丞はわしと同じ三田の本邸におるが、竹丸は本所《ほんじょ》の下屋敷においての。わしの目の届かぬのをよいことに、前々から屋敷を抜け出し、悪所通いをいたしておった」

「おやおや」

また声が出た。親父の目を盗んで悪所通い。そこもまた、俺とおんなじだ。

「なんじゃ」

淡路守は和太郎を睨みつける。

「ひらに、ひらに、ご容赦を」

和太郎はさらに額をすりつける。

「黙って聞くがよいぞ」

「ははあ」

「奥に子ができなかったので、ふたりの生母はそれぞれわが側妾《そばめ》である」

わあ、羨ましい、と思った和太郎だが、声は出さずに控えている。

「三田の松之丞はいささか病弱でのう。武道を嫌い、引きこもって書見《しょけん》ばかりしておるが、その割には口数少なく、あまり利発とも思えぬ。松之丞の母も丈夫な質《たち》ではなかった。今はすでに身罷《みまか》っておる」

淡路守は寂しそうに溜息をつく。

「竹丸は一見ひ弱そうに見えるが、なかなか壮健で武道の心得もあり、幼い頃より賢《さか》しく、ただし、軽はずみでもある。町人に身をやつして色里で遊ぶとは」

「ごもっともでございます」

「わしも還暦を過ぎ、そろそろ隠居を願い出ようと思う。となれば。松之丞に跡目を譲り、竹丸にはしかるべき養家を探さねばならぬ。が、ここへきて、竹丸のほうが次の当主にふさわしいのではという動きがある。松之丞が相続するのが順当と思うが、たしかに利発で壮健な竹丸を推す者どもの言い分もわからぬではない。当家は今、少々不穏でのう。わが月島藩は外様《とざま》ゆえ、ことが大きくなり、御公儀に伝わりでもすれば厄介《やっかい》なことになりかねぬ」

外様大名のお家騒動が発覚すれば、よくて国替え、悪ければお家断絶、取り潰しともなるだろう。

「淡路守様、わたくしごときがお家の大事に口出しすべきことではございませんが、ご長男の松之丞様に早々に家督をお譲りなされるのが一番かと」

「わしもそう思いたいのだが、わが山上家は代々、当主となる者、ひ弱くては務まらぬのじゃ」

「それはまた、いかなることでございましょう」

「実を申せば、わしには兄がふたりいた。が、ひとりは幼少の折、もうひとりの兄は家督相続せぬうちに病《やまい》で亡くなった。そのため、巡り巡ってわしが山上の家を継ぐことになった。世継の松之丞を廃して竹丸をと申す者どもは、脆弱《ぜいじゃく》なわが家系を案じておるのやもしれぬ」

「では、淡路守様はご次男の竹丸様に家督をお譲りなさりたいのですか」

「いや、そうなれば、松之丞を世継として推す者たちが異を唱え、藩は二分する。すでに松之丞には来年、さる藩より姫君の輿入《こしい》れが決まっておる」

「ならば、お迷いなされることはありますまい。今日はなにゆえのお越しでございますか」

淡路守は溜息をつき、芳斎を見つめる。

「このたび、竹丸が深川でなにものかに襲撃された。今は下屋敷で養生しておるが、当日のこと、問いただしても詳しいことを申さぬ。もしや、松之丞を推す一派が竹丸の悪所通いを知り、ことを起こしたのではあるまいか。が、このようなこと、表立って取り調べるわけにもゆかず」

「それで、わたくしをお訪ねなされましたか」

「うむ。どうであろう、芳斎。ひとつそのほうの知恵を貸してはくれぬか」

芳斎は吸っていた煙管《きせる》を煙草盆の灰落としにぽんと打ちつける。

「竹丸様のあのお顔の傷、獣の爪《つめ》にでも引っかかれたような。また朝からずっと自身番で寝込まれておられたご様子。番人は竹丸様が猫を怖がると申しておりましたが、それが襲撃とかかわりあるのでしょうか」

「竹丸が猫を恐れたと」

「うかがえば、竹丸様は武道の心得がおありで、利発でもあらせられる。そのようなお方が猫ごときを恐れ、番屋で半日も寝込むとは解《げ》せません」

「さようか。竹丸が猫を怖がりおったか」

「なにかわけがあおりでしょうか」

淡路守は湯飲みの茶を再び口にし、深く考え込む。

「わが山上の家はなかなか男子に恵まれず、無事に出産しても早世《そうせい》することたびたびで、そこにひとつの言い伝えが生まれたのじゃ」

「とおっしゃいますと」

「猫にまつわる怪異である」

「怪異でございますか」

「うむ。もとより伝聞であり、たしかな書付などは残っておらぬ。わしがわしの父淡路守昌芳《まさよし》より聞き、父はその父丹後守昌則《たんごのかみまさのり》より聞き、丹後守昌則はさらにその父から。そうして代々伝わっておる。今よりざっと百四十年ほど前のこと」

宝永《ほうえい》年間、越後月島藩三代目当主、山上日向守昌寅《ひゅうがのかみまさとら》は泰平の世には珍しい荒武者であった。武道を好み、酒を好み、女を好んだ。

五代将軍の死により生類憐《しょうるいあわれ》みの令が廃止されるや、喜び勇んで国元での狩りに興じた。取り巻きの家臣団を引き連れ、馬で野山を駆けまわり、近郷の農家に立ち寄っては酒や女を強要した。

ある日、野原で美しい娘と出会い、日向守はこれに思いを寄せる。庄屋《しょうや》の娘と知れたので、娘を城に上がらせるよう命じたが、庄屋は好色で粗暴な領主を恐れる娘を不憫《ふびん》がり応じなかった。

怒り狂った日向守は家臣たちと酒をあおり、庄屋の館を襲い、奉公人たちを斬り捨て、娘をさらって城に閉じ込め、側妾《そばめ》にしたのだ。

娘は嘆き悲しみながらも、城での暮らしに甘んじるしかなかった。拒めば庄屋である父母が成敗されると思ったからだ。

城での慰めはどこからか迷い込んだ一匹の猫で、娘はこれをたいそう可愛がった。

夜ごと領主の相手をする娘を、他の側妾たちは妬《ねた》み、これをいじめた。娘は耐えきれず、とうとう梁《はり》に首を吊って果てた。その下で猫がじっと娘を見上げていた。

異変が起こったのはその翌日で、娘をいじめた側妾が猫に喉首《のどくび》を嚙み切られて死んでいた。猫が娘の恨みを晴らしたのだと囁《ささや》かれたが、さらに異変が続き、城内で変死が続いた。喉を嚙まれ、苦しみ悶えて死ぬのは、みな領主とともに庄屋屋敷を襲った家臣たちであった。

日向守は領内の猫をことごとく始末するよう布告し、参勤交代で江戸へ戻った。

江戸屋敷では日向守の奥方に待望の男子が産まれており、喜んだのも束の間、幼子は無残にも猫に食い殺された。

日向守本人は猫には襲われることなく、その後、気が触れ、廃人のごとくなり世を去った。これが山上家に伝わる猫の祟《たた》りである。

その後、山上家では男子が生まれると早世することが多く、国元の領内でも、江戸屋敷内でも猫を飼うことを禁じている。

「ほう、つまり、竹丸様が猫を恐れられるというのは、その言い伝えをご存じだからですね」

「猫に嚙み殺されるなど、ただの戯言《ざれごと》のようにも思うておったがのう。ここ何代にわたって、国元にも江戸屋敷にも猫は一匹たりともおらぬ」

「竹丸様を襲ったのは猫と思われますか」

「さて、わしにはわからぬ。わしはそのような怪異、信じてはおらぬ。男子がみな猫に食い殺されるなら、わが家系は今ここに続いてはおらぬ。それゆえに、わが山上家の当主たるもの、強くなければならぬ。松之丞か竹丸か、いずれが当主にふさわしいか、わしが迷うておるのはそこなのじゃ」

豪快な淡路守には祖先日向守の血が流れているようである。

「芳斎、そのほうの千里眼によって、この怪異の謎、解き明かしてはくれぬか」

「わたくしにできますれば」

「ならば、明日にでも、本所の下屋敷に参れ」

「よろしゅうございます。ちょうど退屈を持て余しておりましたところ。承知いたしました。これなる和太郎も同行いたしますが」

「うむ、大事ない。和太郎、そのほうも存分に働くがよい」

「ははあ」

平伏したまま和太郎はさらに畳に額をすりつける。

「明日、黒須《くろす》十兵衛を差し向ける」

「おお、あのお方でございますな。商家の番頭殿」

「うむ。あの者、できるぞ。なにしろ今年の初春、屋敷の近くで火事があった際、暴れ熊を一刀のもとに仕留めおったからのう」

二

「本所よりお迎えに参上いたしました」

いかつい顔の武士が梅花堂の暖簾をくぐる。

帳場の和太郎はぺこぺこと頭を下げる。

「淡路守様のご家中、黒須様ですね。お待ちしておりました。先日、深川でお目にかかった梅花堂の和太郎でございます」

「ああ、梅花堂さん、あの節は失礼いたしました。改めてご挨拶いたします。黒須十兵衛、よろしくお願いいたします」

堂々とした体軀で顔はいかつく、身なりは立派な武士であるが、威張《いば》った様子がなく、気さくで言葉遣いがやけに丁寧《ていねい》なのだ。これが一刀のもとに熊を退治した武芸者かと和太郎は感心する。

威張ってるやつなんか、ほんとは弱虫の空《から》威張りでたいしたことないんだ。芳斎先生にしろ、このお方にしろ、本当にできる人は決して威張ったりしないし、当たりが柔らかい。

「卯吉、先生にお伝えしなさい。迎えの方がいらしたと」

「へーい」

「黒須様、少々お待ちを」

「承知しました」

和太郎は奥に声をかける。

「おっかさん、これから本所まで出かけます」

お寅がのっそりと出てきて十兵衛に頭を下げる。

「まあまあ、これはこれは。役立たずのせがれではございますが、どうかよろしくお願い申しあげます」

チッ。役立たずと言われて、和太郎は心の中で舌打ちする。おっかさん、お客様の前でいつも俺のこと、役立たずとか道楽息子とか、けなしてばかりだよ。

「いやいや、このたびはこちらこそ、梅花堂さんには大変お世話になります」

「こんなのでよければ、どうぞ、擦り減るまでお使いくださいまし」

またあんなこと言ってらあ。和太郎は苦笑する。

二階から芳斎、羽織袴《はかま》に帯刀で下りてくる。

「黒須殿、お待たせいたしました」

「芳斎先生、どうか、よろしく」

「じゃ、おっかさん、行ってくるよ」

「おまえはおっちょこちょいなんだからねえ。お大名のお屋敷で馬鹿な粗相《そそう》するんじゃないよ」

「わかってるったら」

「行ってらっしゃいまし」

卯吉の元気な声に送られて、三人は店の外へ出る。

「おお、今日もいい天気だなあ」

芳斎はうれしそうに空を見上げた。

十兵衛が先に立ち、芳斎と和太郎がそれに続く。

「芳斎先生は本所にいらしたことは」

「先日、深川へ行く途中に両国橋を渡りましたが、あれが最初です」

「では、わが藩の下屋敷のあたりは」

「昨日、切絵図でだいたいの場所は見当つけたのですが、やはり絵図で見るのと足で歩くのとは大違いですからなあ」

「本所と深川が接するあたり、菊川町《きくかわちょう》の近くです。あの辺は町屋は少なく、武家屋敷ばっかりでしてね。お大名の下屋敷に、あとは小身《しょうしん》の旗本や御家人の屋敷もたくさんあります」

「そのようですね。でも、黒須殿、こんなことを申しては失礼かとも思いますが、見るからに堂々としたお侍、それなのに、お言葉遣いが」

「はっはっは」

十兵衛は笑う。

「わかりますかな」

「お屋敷勤めのお方にしては少々」

「さすが、千里眼の芳斎先生ですね。隠しだては無用。実はね、これでもあたし、商人の出でして、さよう、しからば、ごめん、なんてえのは、ちょいと苦手《にがて》です。お殿様の前じゃ、しゃちこばりますがねえ」

「ほう、ご出自は商家ですか」

「これでも、へへ、江戸っ子です」

和太郎、驚く。

「黒須様、江戸っ子なんですか」

「はい、梅花堂さん、あたし、まさに、これから行く菊川の下屋敷の近くの酒屋のせがれでして」

「へええ、こないだの深川での番頭さん姿、道理で板についてたんだ」

「武士として、面目ないというべきか」

十兵衛は笑いながら、首筋を撫でる。

「しかし、町人に身をやつしておられても物腰、身のこなし、まぎれもまく武芸者とお見受けしました。いつ剣の修行をなされました」

「ほう、芳斎先生は人の目利きもなさるんですね」

「昨日、お殿様からうかがいましたが、一月の大火事のとき、三田で暴れ熊を倒されたとか」

「いやあ、お恥ずかしい。お耳に入りましたか。たまたま屋敷近くで燃え盛る炎の中から大きな熊が飛び出しまして。逃げ惑う人を襲うところに出くわし、思わず剣を抜いておりました。まぐれのようなものですよ」

「それはご謙遜というものだ」

「なあに、子供の時分から餓鬼《がき》大将で、喧嘩ばかりしてたんですよ。あたしが生まれ育ったあたりは、旗本や御家人の御子息様がうようよいらして、そういう方々としょっちゅう取っくみあったり、殴りあったり。で、侍風吹かしたやつらに負けたくない。強くなりたい一心で家業そっちのけ、町道場へ通いましてね。餓鬼の時分から喧嘩慣れしてたせいか、めきめきと腕を上げ、道場の先生から、筋がいいから本気でやってみないかと言われまして、で、店のほうは弟に譲って、とうとう師範代を務めるようになり、先生の口利きで淡路守様にお目にかかり、士分《しぶん》に取り立てていただいた次第です」

「泰平の世にあって、仕官の道は厳しいと存じます。剣一筋でご出世とは、黒須殿、なまじ下手《へた》な武士よりも、よほど武士らしい」

「いえいえ、そうおっしゃられては。黙っていれば武芸者なれど、しゃべると下町の町人丸出しでしてな」

十兵衛は豪快に笑う。

そうこうするうちに相変わらず人の溢れる両国橋を渡る。向両国の見世物小屋、裸の猫娘の絵看板にちらっと目をやる和太郎。今度、ゆっくり見に来ようかな。

回向院の手前を少し南に歩いて、一つ目橋を渡り、そこからは竪川沿いの町人地を東に進む。

「こちらでございます」

菊川橋の手前、武家屋敷の密集する中に一際《ひときわ》大きな山上淡路守の下屋敷があった。

「へええ、立派なものですねえ」

大名屋敷は初めての和太郎、がちがちになっている。

「さ、これへ」

十兵衛は万事心得て、ふたりを竹丸の居室へと案内した。

「おお、十兵衛か」

竹丸は養生中とはいえ、臥《ふ》せってはおらず、退屈そうに書見していた。

「若様、ふたりをお連れしました」

芳斎と和太郎は入口に平伏したまま顔を上げずに名乗る。

「鷺沼芳斎にございます」

「梅花堂和太郎にございます」

「よい、面《おもて》を上げよ。近う参れ」

「ははあ」

芳斎はすり寄りながらも、竹丸からは相当の距離を置いて頭を下げる。和太郎も不器用にそれを真似て続く。

「堅苦しい挨拶《つまび》はそれまでじゃ。昨夜ここへ父上が参られての。そのほうらの問いには包み隠さず詳らかに答えよとの仰《おお》せであった」

「ははあ」

見れば、細面の片頬には引っかかれたような傷がまだ残っている。

「なんなりと聞くがよい」

「はい、その前にひとつ若様にお願いの儀がございます」

「申してみよ」

「それなる煙草盆、拝借願えませぬか」

「なに」

芳斎は書見台の脇の煙草盆を目で示す。

「おお、これか。よいぞ。十兵衛」

「ははあ」

「煙草盆を」

「承知仕《つかまつ》りました」

十兵衛は書見台まですり寄り、煙草盆を手にして、芳斎の前へ進み出る。

「お使いなされよ」

「かたじけない」

芳斎は懐《ふところ》の煙草入れより煙管を取り出す。

「ほう、見事な煙管じゃのう」

雁首が異様に太く、火皿の大きな煙管を竹丸は珍しそうにじっと見る。

「お目に留まりましたか。箱根の山中で山賊の頭目が使うておりました煙管でございます」

先生、なに馬鹿なことを。和太郎は思わず、笑いをこらえる。

「失礼して、お話をうかがう前に一服、お許しくださいませ」

「かまわぬ。好きにいたせ」

「ははあ、ありがたき、しあわせに存じまする」

芳斎は煙管に煙草を詰め、火をつけて大きく煙を吐く。

「では、若様。無礼なことをおうかがいするやもしれませぬが、どうかご容赦くださいますよう」

竹丸は鷹揚にうなずく。

「若様は深川の岡場所へは頻繁にいらっしゃるのですか」

「ふふ、馴染みの女子《おなご》がおっての。そうたびたびでもないが、ごくたまに」

へえ、高貴なお方とはいえ、俺とおんなじじゃないか。と和太郎は内心驚く。

「その馴染みの女子は、若様のご出自《しゅつじ》、存じておるのでしょうか」

「いやいや、そんなことはない。馴染みではあるが、ねんごろにはなっても、そこまではあかしておらぬ」

「最初にいらしたのは、いかほど前でございましょうか」

「そうじゃなあ。のう、十兵衛、いつごろであったかのう」

「さよう、五年にはなりましょうか」

芳斎は十兵衛を見る。

「黒須殿、では、若様を初めて岡場所に案内なされたのはあなたですか」

　十兵衛は照れ臭そうにうなずく。

「さよう。ご当家に仕官が叶い、その後、殿より竹丸様の剣術指南を命じられまして、お気に召していただき、こちらの下屋敷で話し相手を仰せつかりました。わたくしは本所の生まれ、このあたりの商家の出でございますので、四方山《よもやま》話《ばなし》に町方の風習など申しますと若様がご興味を示され」

「うん、十兵衛、そちの話は面白い」

「畏れ入ります。つい悪乗りをいたしまして、若い頃に遊んだ深川のことに触れますと、行ってみたいとおっしゃいまして」

「ほう、それで深川へ」

「さようでございます」

　なんだい。まるで俺が半ちゃんに誘われて初めて吉原へ行ったときとおんなじじゃないか。和太郎は若様に共感を抱く。

「五年前、まだ御改革の前ではありましたが、武士が堂々と岡場所に行くのは具合が悪うございます。まして大名家の若様が遊んだこと、発覚すれば、御公儀からどのような咎めを受けるやもしれず」

和太郎はうなずく。たしかに吉原の大門をくぐる侍はたくさんいる。深川の岡場所だって二本差しがうろうろしている。町人であろうが、武士であろうが、男はみんな遊びたいのだ。だけど、いったん表沙汰になると、ご身分あるお侍、お咎めは避けられないだろう。芝居を見ただけでお家取り潰しにあう旗本だっているのだから。

芳斎はふうっと煙草の煙を吐く。

「そうでしょうな。若様ご謹慎ぐらいで済めばいいが、悪くするとお家の一大事、外様ともなれば、詮議は厳しゅうございましょう」

「そこでひと思案、若様が商家の若旦那、わたくしが番頭というこしらえで、参ることにいたしました」

「なるほど、町人の身なりでお屋敷を出入りなされたのですね」

「いえ」

十兵衛は首を振る。

「ことはあくまで内密ゆえ、余の者に知れてはならず、夕闇に乗ずるにしても、若様とわたくしが町人姿で門をくぐれば、屋敷の者は怪しみましょう。さいわい、わたくしの実家はすぐそこの菊川町の酒屋、相模屋《さがみや》と申しまして、今はわたくしの弟が主でございます。弟に言い含め、店の奥座敷で若様ともども着物を着替えて髪を結い直し、町人のいで立ちで辻駕籠を誂え、深川まで参っておりました」

「なるほど、妙案ですな」

「深川には岡場所がたくさんございますが、中でも永代寺門前の仲町がたいそうな賑わい。そこへ竹丸様をご案内いたしました。駕籠を降りて、紅灯《こうとう》の通りを歩くと、若様は目を輝かされ」

「十兵衛、そちのはからい、愉快であった」

「ははあ。そして、大通りをひとしきり行き来し、茶屋に揚がって、女を呼び出し、大盤振る舞い」

いいなあ。お大名の若様の大盤振る舞い。どんなだったろう。和太郎は思い描きながら、溜息が出る。

「若様にはよほどお気に召されたのでしょう。それからというもの、しばしば深川通い。七福神巡りならぬ七場所巡りをいたしまして、やがて仲町の笹屋で馴染みになられて、それからは笹屋を贔屓になさっておられます」

和太郎は自分が笹屋に行った頃のことを思い出す。ほぼ同じ時期である。ひょっとして、若様と厠《かわや》でばったり出会ってたかもしれないなあ。

「が、例の御改革で岡場所は取り払いとなり、笹屋も店を畳み、馴染みの女とも会えず、若様はがっかりしておられました」

「たしか深川の岡場所は一年ほど商売を休んでいたと聞いております。また再開しても同じ場所とは限らず、笹屋も仲町から黒江町に移ったよし。若様はいかにして、再び笹屋に通われたのですか」

竹丸は笑みを浮かべる。

「馴染みのお染《そめ》から文が届いてのう」

「なんと申されます」

「ほとぼりがさめて黒江町に移ったから、また遊びに来てちょうだいとそのようなことが」

和太郎はぽかんと口を開ける。驚いたね、どうも。岡場所の女が若様に文かよ。

「その女子の名、お染と申されますか」

「ふふふ、愛《う》いやつじゃ」

「文はお屋敷にでございますか」

「まさか、それはない。わしはお染には菊川町相模屋の竹次郎《たけじろう》と名乗っておったので、文は店に届いたのじゃ」

「なるほど、それでまた深川通いをお始めなさったのですな。黒江町にお通いなされて、どのくらいになります」

「さあて」

竹丸は考え込む。

十兵衛が横から答える。

「取り払いが御改革の翌年ですから、三年前の春。黒江町に戻ったのが一昨年の秋頃でしょうか。再び深川に通いまして、かれこれ一年半ほどになりますか」

へええっ、笹屋に一年半も通ってるのかい。和太郎は驚く。あの店は前からいい女がそろってた。若様の馴染みのお染ってのは、よっぽどいい女なのかなあ。

「十兵衛殿にお尋ねしますが、若様の岡場所通いを知る者は」

「まず、わたくし、そして相模屋の弟。弟には固く口止めしております。弟の女房や奉公人は若様がなにかの趣向で着替えに来られることは知っていても、お忍びの行き先が深川の岡場所とまでは知らないはず」

「駕籠屋はどうですか」

「行きは相模屋の知った駕籠屋ではありますが、若様のお身元までは知らぬはず。帰りは笹屋で呼ぶか、帰り客を当て込んだ辻駕籠はいくらもございますので、手頃なものを用います。屋敷からも相模屋からも離れた場所で降りております」

「わかりました。では、若様、四日前の朝、なにがありましたのか、お聞かせ願えますか」

竹丸は大きく溜息をつく。

「あの日は前夜から揚がって一泊し、早朝に笹屋を出た」

「黒須殿もごいっしょでしたか」

十兵衛は首を振る。

「いやあ、この黒須十兵衛、一生の不覚でございます。若様が急に思い立たれて、深川へ参るので供《とも》をいたせとおっしゃいました。が、その夜は殿より仰せつかった火急の書面を三田へ届けねばならず」

「ほう、では、若様はおひとりで深川まで。それはまた軽はずみな」

竹丸は少々顔をしかめる。

「初めてのことではない。それまでも二度ばかり、相模屋で身なりを変え、駕籠を呼び、ひとりで深川で遊び、朝に相模屋に戻ったことがある」

和太郎はうなずく。そりゃそうだろう。餓鬼じゃないんだから。二十三にもなって、お供がいっしょでなければ遊びに行けないってことはないよ。

「それゆえ、このたびも十兵衛には翌日、相模屋で待つよう申しつけ、ひとりで参ったのじゃ」

　十兵衛は無念そうにうなずく。

「上屋敷での用が長引きまして、その夜は三田に泊まり、本所に戻りましたのが翌日の昼、屋敷には若様のお姿がなく、相模屋に参りますと、まだお帰りではないとのこと。昼まで居続けなされることも珍しくないので、しばしお待ちしておりましたが、いっこうにお帰りのご様子がなく、そこでわたくしも町人に姿を変えて深川に迎えに参上しますと、笹屋では早朝に帰られたと申します。あわてて近辺を探索し、自身番に若い町人が運ばれたと耳にいたしましたので、訪ねた次第でございます」

「そこで、臥せっておられる若様を見つけられたのですね」

「さようでございます。ご無事でほっといたしましたが、しかし、お顔の傷。ああ、わたくしが側《そば》におりましたなら、そのような不祥事はなかったと存じ、臍《ほぞ》を噛む思いでございます」

「若様、朝の深川でなにがありましたのか」

　竹丸は考え込む。

「あれはいったい、なんであったのか。今となっては、わしにもよくわからぬのじゃ。幻なのか、夢でも見たのか、ならばこの頬の傷はいかにして」

細面の頬にはまだ傷跡がくっきりと残っていた。

「なにものかに襲われなされたのですね。羽振りのいいのを見て、追いはぎが襲ったのだろうと町の者が噂しておりましたが」

「いや、金子《きんす》は盗まれてはおらぬ。笹屋で勘定を済ませ、表に出ると朝の空は清々《すがすが》しく澄み渡っており、よい気分であった。しばし、そのあたりの風物を眺めるのも一興かと、店の外をゆるりゆるりと歩いておった。寺の脇に竹藪《たけやぶ》があり、ふと見ると、なにやら女と思《おぼ》しき者がわしに手招きしているようなのじゃ。はて、朝から男を誘うはあぶれた辻君《つじぎみ》か。が、いかにも面妖《めんよう》である。普段から武芸をたしなみ臆病風を吹かすは武士にあらず。そこで正体をたしかめんと、竹藪に進み出ると、そこに大きな獣のような、物《もの》の怪《け》のような」

「物の怪でございますか」

「体躯は優に五、六尺あり。まだら模様の薄毛に覆われて、しなやかな女のようでもあり、また唐土《もろこし》の絵図や蘭書《らんしょ》の図譜にある野獣のようでもあり。いきなりそのものは、わしに跳びかかり、頬に痛みが走った。物の怪の口は大きく裂け、牙《きば》を剝いた猫そのもの。刹那、わしは不覚にも気を失っておった」

「猫に襲われなさったと」

「あれほど大きな猫はおるまい。が、やはり猫としか思えぬ。わしが猫を恐れるは、わが山上の家に代々伝わる化け猫の怪異が頭をよぎったからでもある」

「昨日、お殿様よりうかがいました」

　大きくうなずく竹丸。

「三田の本邸にもここ下屋敷にも猫は一匹も飼われておらぬ。国元の越後月島にも一匹もおらぬと聞いておる。わが山上家の三代目当主、日向守が受けた猫の祟りが今も消えておらぬと、元服の折、父上から聞かされた。山上家に生まれた男子は猫を恐れ、遠ざけるべしと」

　芳斎はぐっと竹丸を見る。

「わたくしはお殿様より、このたびの若様を襲った一件、果たして猫の怪異か、あるいはなにものかの仕業《しわざ》か、究明するよう仰せつかりました」

　竹丸は軽くうなずく。

「深川でそのほうに出会うたのもなにかの縁であろう」

「いずれにせよ、この後は危のうございます。深川行きはなにとぞ、お控えなされますよう」

「なんと、深川へは行ってはならぬのか」

「はい。なにが起きるかわかりませんので、しばらくはご辛抱なされませ。黒須殿も若様をお護りくださいますよう、くれぐれも」

「そして、もうひとつ、お尋ねしたいことがございます」

「心得ました」

「なんであろうか」

「率直に申し上げます。お家のお世継《よつぎ》お兄上の松之丞様がご病弱ゆえ、竹丸様をお世継にせんとする動き、ご家中にありと」

「ああ、そのことならば、わしの耳にも入っておる」

「竹丸様は兄上様とのお仲、よろしいのでございましょうか」

「よくもなければ、悪くもないのう。幼い頃は同じ上屋敷の奥に育ったが、母も違うし、兄上はわしより四つ上。元服の後、将軍家に拝謁して世継となられた。わしはこ こ下屋敷に移り、気ままに過ごしておる。むしろ、毎日剣術の教えを受け、世間のことをいろいろと教授してくれる十兵衛がよほど兄らしい」

十兵衛は恐縮する。

「もったいないお言葉」

「このようなこと、お尋ねするのは心苦しいのですが、もしや、深川で竹丸様を襲った物の怪、松之丞様を推す一派が竹丸様を邪魔に思い、取り除かんとして仕組んだ狂言かと」

「それはないな。なぜなら、わしは兄上を差し置いて家督を相続する気など、微塵《みじん》もないからじゃ。わずらわしい当主になど、なりとうもない。思うてもみよ。藩主となれば、岡場所などもってのほか。この気ままな暮らしができぬではないか。わしは他家へ養子に行く気もさらさらない。今のこの冷飯食いの境遇が向いておるし、気に入っておる。なにものにも縛られず、ただ好きなことだけをして一生、のんびり細く長く生きたいものじゃ」

三

「いやあ、今日はほんとに驚きました。こんなに次々と驚くなんて、滅多にあるもんじゃありませんねえ」

本所からの帰り道、お屋敷ではほとんど一言もしゃべらなかった和太郎が、堰《せき》を切ったように饒舌《じょうぜつ》になり、驚いた、驚いたと繰り返す。

「そんなに驚いたかい」

和太郎の興奮ぶりに芳斎はにやにやする。

「驚きましたとも。まず一番に驚いたのはお屋敷の広さです。さすが大名屋敷、玄関だけでもうちの店ぐらいはありますよ」

「はは、そうだな」

「世の中には九尺二間《くしゃくにけん》の棟割《むねわ》り長屋で一家何人暮らす人もあれば、びっくりするような広いお屋敷に住む人もいる。お庭だけでもうちの町内ぐらいはありましょう」

初めての大名屋敷に興奮冷めやらぬ和太郎であった。

「あれが下屋敷ってんだから。なら、上屋敷はどんなだろう」

「それはそうだが、ひとりで住んでるわけじゃない。ご家来衆や奉公人を何人も抱えているだろうし、下屋敷はお大名の控えの蔵でもある。それらの人や物がごっそり入るだけの広さがないと」

「だけど、あの玄関だけで、うちの店よりよほど」

「わかった、わかった。だけどな、上様《うえさま》のおわすお城はもっと広いぞ」

「そりゃそうでしょうねえ」

「なにしろ、お城の玄関だけで、大名屋敷ひとつ分ぐらいはある」

「そうでしょうね」

と言いかけて、和太郎、ぷっと吹き出す。

「またまた先生、人をからかって。いくらお城が大きいからって、そんなことあるわけないいや。玄関だけで大名屋敷ひとつ分だなんて」

「いやいや、わからんぞ。行ったことないからなんとも言えんが」

涼しい顔の芳斎である。

「もひとつ驚いたのは、先生、あなたですよ」

「わたしがかい」

「びっくりしたなあ。若様を前にして、いきなりお願いがございますって。なんだろうと思ったら、そこの煙草盆を拝借。よくもまあ、あんなことが言えましたね。あたしは先生の肝《きも》の太さに驚いた」

和太郎は屋敷の広さに圧倒され、若様の前でもほぼ固まったままだったのだ。

「道々ずっと吸ってなかったからな。ちょうど若様の書見台の横に煙草盆があったんで、無性に吸いたくなったんだ。大名道具の煙草盆、見事な細工がしてあって、あれだけでいくらになるか」

「先生、そんなところで値踏みしてたんですか」

「そういうわけじゃないが、話を聞く前に一服やると頭がよく働くのでね」

「いきなり煙草盆を拝借だもんなあ。下手《へた》すりゃ、なにを申すか無礼者ってお手討ちですよ」

「煙草盆拝借ぐらいでお手討ちにはならないだろう」

「若様が先生の煙管をご覧になって、見事じゃなあとおっしゃったでしょ」

「うん」

「そのとき、先生、箱根山中で山賊が使っていた煙管ですなんて、よくあんなこと思いつきますね」

「石川五右衛門《いしかわごえもん》が吸ってそうじゃないか」

「あたし、吹き出すのを必死でこらえましたよ」

「ふふ、若様、くすりともされなかった。身分の高いお方には下々《しもじも》の洒落《しゃれ》が通じないようだ」

「あの若様にも驚いたなあ」

「そうかい」

「そうですよう。お大名の若様が岡場所がお好き。あたしと歳がおんなじだから、まあ無理はないとして、馴染みの女に通いづめ、やっぱりお大名であろうと町人であろうと、好きなものには変わりがないんですねえ」

「人によりけりだろうがね」

「お大名のお子にお生まれなさって、兄上様がご病弱、それで世継に担ぎ出そうとするご家来がいるのに、殿様になんかなりたくない。冷飯食いが性に合ってるんだって。そのお気持ち、わからなくもないなあ」

「ほう、和太さん、若様のお気持ちが」

「お殿様ってのはそりゃ、お国元でも江戸のお屋敷でも威張って好き放題だろうけど、その分、いろいろと面倒臭いんじゃないかなあ」

「まあ、わずらわしいことも多かろう」

「ご登城ともなれば、周りはお殿様ばっかりで、上様をはじめ、自分より偉い方々がいっぱいいて、気をつかうだろうし、付き合いも大変でしょう」

「そうかもしれない」

「貧乏旗本や貧乏御家人の冷飯食いは肩身が狭いだろうけど、お大名ともなれば、たとえ冷飯食いでも贅沢三昧《ぜいたくざんまい》、毎日冷飯どころか山海の珍味、うまいもん食って、ごろごろして、気が向いたら深川の岡場所で馴染みの女とよろしくやれるんですからねえ。こりゃ、堅苦しいお殿様よりよっぽど気楽でいいんじゃないかなあ。羨《うらや》ましいようなご身分ですよ」

「なるほど。たしかにけっこうなご身分だ。長男よりも次男のほうが気楽でいいとわたしも思うよ」

「あ、先生もご次男でしたっけ」

芳斎はさる藩のお抱え絵師の次男である。名人と称《たた》えられる父には及ばず、絵の修行で諸国を遍歴していたが、江戸の梅花堂に居着いてからは、絵筆を持ったことがない。気ままにぼんやりと日を送り、たまに目利きを頼まれたり、謎解きに興じる暮らしである。

「長男ならば、少々絵が下手でも、お抱え絵師を継がねばならないからな。そうなると、今みたいに謎解きも楽しめないだろうし」

なるほど、お大名の冷飯食いもけっこうなご身分だが、毎日梅花堂の二階でごろごろしている芳斎先生だって、負けず劣らずお気楽なご身分だよ。と和太郎は内心、納得する。

「先生は向いてると思いますよ、謎解きに。ここはひとつ、化け猫の謎、解いてください。今日はいろいろ驚いたけど、なんてったって、あたしが一番驚いたのは、お大名家に祟る猫の話です。ああ、恐ろしや」

「和太さんは化け猫がほんとにいると思うかい」

首を傾げる和太郎。

「さあ、見たことはないけど、長生きして劫《こう》を経《へ》た猫は化けるそうですから」

「飼い猫が飼い主を食ってなりすまし、見破られて退治される。床下《ゆかした》を探したら、食われた飼い主の骨があった。という話は聞いたことがある」

「わあ、人を食ったような話ですねえ。じゃあ、深川の竹藪で若様を襲ったのも、化け猫なんでしょうか」

「若様は猫のような物の怪に襲われて気を失ったとおっしゃっていた。お家に祟る猫の話も心に刻まれているので、よけいにそう思われたのかもしれぬ。なにしろ、番屋の三毛猫でさえ怖いらしいからな」

「じゃ、先生は若様を襲ったのは化け猫ではないと」

「わたしもよくわからない。たしかにこの世には人智の及ばぬこともあると思う。理屈では考えられないような不思議なことも」

「へええ、ものごとの裏表を理詰めで考える先生も、やっぱりこの世に不思議はあると思ってらっしゃる」

「絶対にありえないことをひとつひとつ取り除いていくと、残ったことがどんなにありえなさそうに見えても、それはありえることなのだ」

和太郎は首をひねる。ありえないことが、ありえなさそうで、ありえること。先生はときどき難しいことを口にするから、よくわからないや。

「じゃあ、先生、物の怪はありえるんですか」

「幽霊にしろ、魔性にしろ、たいていは心の迷いが作り出したもので、怖い怖いと思っていると枯《か》れ尾花《おばな》が幽霊や化け物に見えたりする」

「そういや、前に義平親分が言ってましたよ。幽霊なんかいないんだって」

「ほう」

「人は死んだら、閻魔《えんま》様の前で舌を抜かれてそれでおしまい。だから、幽霊なんかになってこの世にさまよい出たりはしないんだって」

「はは、御用聞きの親分らしいな」

「でも、若様の頬っぺたの傷、ありゃ、心の迷いなんかじゃありませんよね」

「なにかが若様のお顔を傷つけたというのは本当だと思う」

「それが化け猫」

「どうかなあ。物の怪でないとすると、三毛猫に引っかかれたか」

「五尺も六尺もある大きな猫はいないでしょう」

「たとえば猫の同類の虎《とら》はどうだい」

「なるほど、虎かあ」

　和太郎はうなずく。

「ありゃあ、大きいや。絵でしか見たことないけど。でも、先生、若様はまだらの猫に襲われたっておっしゃったんですよね。虎は縞《しま》模様のはずです」

「虎は縞だが、豹《ひょう》ってのがいるよ。あれはまだらだ」

「あ、たしかに。うちの店にも虎と豹の一対を描いた軸があったな。豹ってのは雌《めす》の虎でしたね」

「いや、それは間違いだ。虎と豹は別の獣で、虎は雌雄とも縞模様、雌雄ともにまだらが豹だ。いずれにせよ、本朝《ほんちょう》にはいない唐土や南蛮《なんばん》の野獣だが」

「本朝にいなくても、ときたま象《ぞう》やらなにやらの見世物は両国に出ますからねえ。今年は江戸市中で熊が出たぐらいだから、虎や豹が出てもおかしくないですよ」

「それも一理あるな」

「江戸市中どころか、梅花堂にも怖い虎が帳場に座って目を光らせています」

「お寅さんはたしかに怖い」

「へっへ、おふくろが聞いたら怒ります。それにしても、若様を襲ったのはいったいなんだったんでしょうね」

「化け猫か、野獣か、それともなにかの悪事、からくりか。なかなか面白いことになってきたぞ」

「とっ捕まえれば、いい金になるだろうな」

「そうかい」

「そうですよ。化け猫にしろ、南蛮の獣にしろ、捕まえて両国の見世物小屋に持ってけば、高く売れると思います」

　ふと芳斎は考える。

「和太さん、おまえ、ときどき面白いことを言うね。ここはひとつ、化け猫の尻尾をつかんで化けの皮をはがす算段でもするかな」


　筋違御門で暮れ六つの鐘を聴き、梅花堂に帰り着いた頃にはとっぷりと日が落ちて、店の暖簾は下りていた。

　和太郎はそっと腰高障子《こしだかしょうじ》を開ける。

「ただいまっ」

「お帰りなさいまし」

　卯吉が、いつになく声をひそめてふたりを迎える。

異様な気配を察した芳斎、さっと店内に目を走らせる。

「なにかあったのか」

卯吉はさらに小声で言う。

「さきほど、先生にお客様が」

「ほう」

卯吉は背後の座敷を振り返る。

「今、奥でおかみさんがお相手を」

芳斎はうなずき、無言のまま座敷にあがり、和太郎もそれに続く。

お寅がほっとしたように頭を下げる。

「先生、お帰りなさいまし。和太、先様ではちゃんと役に立ったかい」

「うん、役に立ったかどうか知らないが、面白かったぜ」

座敷の隅で行灯《あんどん》のほのかな明かりに照らされ、ひとりの町人が身を縮めるようにじっとしていたが、芳斎を見て、手をつき深々と頭を下げた。

「芳斎先生、お待ちしておりました。なにとぞ、お力添えを」

まだ若い男で、おびえた顔をしている。

芳斎はお寅の顔を見る。

「この若い方、佐助《さすけ》さんとおっしゃって、先生のお力をぜひともお借りしたい、助けていただきたいと、駆け込むようにいらしたんですが、先生は今お留守なので出直してほしいと申しますと、命にかかわることなので、どうでもお帰りまで待たせてほしいとおっしゃいまして」

「命に」

「はい、それで無下《むげ》にお帰しもならず、ここであたしがお相手していたようなわけですが」

「わかりました。佐助さんといったね」

「はい」

「ここではなんだ。二階で話をうかがおう」

四

気の利《き》く卯吉がすでに二階の行灯に火を入れていた。

芳斎にうながされ、佐助はおどおどと階段を上がる。和太郎がそのあとに続いた。

あたりをきょろきょろしながら、佐助は再び手をついた。

「夜分に押しかけ、ご容赦くださりませ」

「うむ。命にかかわる用件とのこと、それはおまえさんの着物に付いた血のあとにもかかわる話だね」

佐助は自分の着物を見て、はっとする。

「あっ、さようでございます」

「詳しく聞かせてもらおうか」

「はい」

しばらく、うつむいたままじっとしていたが、やがて佐助は顔をあげる。

「妻恋町の質屋《しちや》、丹波屋《たんばや》で番頭をしております佐助と申します」

ああ、あの丹波屋甚兵衛《じんべえ》か。和太郎は思い出す。人相も悪いが評判もよくない質屋なのだ。

道具屋は客の持ち込んだ品を目利きして妥当な値で買い取る。質屋は客の品を質草として預かり見合った額を期限を切って用立てる。客が期限内に利息とともに金を返せば、品物は戻る。が、返せなければ質草は流れて質屋のものとなる。

質屋に品物を持ってくる客は切羽詰《せっぱつ》まった者がほとんどで、丹波屋は足元を見て、わずかな銭で品物を預かり、そのわずかな銭さえ返せない客から品物を取り上げる。

場所から本郷あたりの貧乏旗本や御家人なども客として丹波屋に家伝の品を持ち込むので、そこそこの値打ちものもある。以前、甚兵衛はそれら質流れの品を高く売りつけようと梅花堂に持ち込んでくることがあった。

和太郎の父金兵衛は丹波屋のやりくちを嫌っていた。目利きの素養がないくせに、阿漕《あこぎ》な高利貸しのような真似をして、貧しい人々から品物を巻き上げる。金兵衛がつけた値踏みの額が気に入らないと、甚兵衛は嫌味な言葉を吐き捨てて出ていったものだ。

「丹波屋の甚兵衛さんなら、うちの親父が生きてた頃、何度か、いらっしゃいましたよ」

「さようですか。あたしが丹波屋の番頭になったのは半年ほど前でして、そのことは存じませんが」

とんとんと卯吉が階段を上がり、三人に茶を配り、炭のおこった煙草盆を芳斎に差し出す。

「おお、卯吉、気が利くな」

「いいえ、では、どうぞごゆっくり」

芳斎は煙管を取り出し、一服する。

「で、佐助さん、命にかかわるとはどのような」

うわずった声で佐助は訴える。

「このままでは、人殺しにされてしまいます。打ち首、獄門、どんなお仕置きになることか」

「人殺しとは穏やかではない。わけをゆっくりとお話しなされ」

佐助は大きな溜息をつく。

「実を申しますと、主人甚兵衛はあたしの伯父《おじ》なんです。あたしは主殺《しゅうごろ》しの上、伯父殺し。となれば、市中引き回しの上、逆さ磔《はりつけ》か。ああ、どうしよう」

「まあまあ、落ち着きなさい」

佐助は震える手で茶を口にする。

「つい取り乱しまして、申し訳ありません」

「すると、おまえさんは丹波屋の番頭であり、主人の甥《おい》でもあるのだね」

「さようでございます」

「で、主殺し、伯父殺しでお仕置きということは、おまえさん、甚兵衛さんを殺したのか」

「うっ」

口にした茶が喉に引っかかり、佐助はうめく。

「滅相《めっそう》もない」

「その着物の血はどうした」

「はい、実は今日、伯父に言われて本郷《ほんごう》のお旗本、桑山《くわやま》様のところへ使いに参りました。桑山様はうちに大黒様《だいこくさま》をお預けになっておられます。そろそろ期限がきますので、お知らせにまいりました。相手がお旗本でなければ、わざわざ知らせるようなことはなく、そのままあっさり流します。が、ご身分のあるお方なのでそういうわけにもいかず、利息だけでもいただければ、少々お待ちいたします。いかがいたしましょうかと、うかがいにまいった次第でございます。あちら様で、請け出したいのはやまやまではあるが、都合がつかぬので、流してよいぞ、とおっしゃいました。ただそのあと桑山様が申されるには、近頃丹波屋の評判がよくない。直参の中には血気盛んな者もいるので、夜道は気をつけるよう甚兵衛に伝えよ」

「ほう、そいつは剣呑《けんのん》だな」

「初めてのことではありません。質草を流されるお武家様はたいてい嫌味《いやみ》をおっしゃいますので。あたしはそのまま帰ってまいりました」

そこまで言うと、佐助は恐ろしそうにがたがたと震える。

「それからどうしたのだ」

「夕暮れも近うございましたが、店先に暖簾は出ております。ただいま戻りました、と戸を開けまして、店の中を見ますと、帳場には伯父の姿が見えません。どうしたのかな。旦那様、ただいま戻りました、ともう一度声をかけましたが返事がございません」

「甚兵衛さんはおまえさんの伯父さんだが、旦那様と呼ぶのか」

「甥ではありますが、伯父のことを伯父さんと呼ぶと叱られますので、いつも旦那様と呼んでおります。そのときでございます。奥の座敷から、助けてくれっ。人殺しっ。そう叫ぶ伯父の大きな声がしました」

「甚兵衛さんの声だったのだね」

「はい、伯父の声に間違いありません。それで、あわてて座敷にあがりましたが、伯父の姿はどこにも見えず、壁や畳が血だらけで、あたしの着物にもうっかり血がついてしまったのです」

芳斎は紫煙をくゆらせ、佐助の言葉を繰り返す。

「外から帰り、人殺しという甚兵衛さんの叫び声を聞いて、座敷に入ると壁や畳に血がついていた」

「さようでございます。ところが、叫び声が聞こえたばかりというのに、伯父の姿はどこにも見えません。なにものかに襲われ、怪我をして、どこかに逃げたのか。家の中を探しましたが、伯父もおらず、伯父を傷つけた曲者《くせもの》の姿もありません。どうしたものかと思案していると、裏の婆さんが店の戸口に立って覗き込んでおります。気味の悪い叫び声が聞こえたので、心配で見に来たのだと言います」

「裏の家は近いのか」

「はい、狭い庭のすぐ裏にある仕舞屋《しもたや》で、うちの奥座敷からさほど遠くありません」

「裏の仕舞屋の婆さんが表に回って店の入口に来たわけだね」

「うちは女中がおりません。婆さんに毎日飯の支度《したく》を頼んでいるので、気安く出入りしております。婆さんはあたしの着物の血を見るなり、早とちり。人殺しと叫んで、外へ飛び出していきました。すると婆さんの声に驚いて、今度は近所の人たちがあっちからこっちから集まってくる。中には番屋に走る者もいるだろう。あたしはとっさに飛び出しておりました」

「それはまずいな。自分がやっていないなら、その場で申し開きすればいい。逃げ出せばよけいに疑われるではないか」

「伯父が人殺しと叫んだ声を婆さんは聞いていますし、座敷に突っ立っていたあたしの着物が血で汚れているのも見ております。それだけでも疑われましょう。いったん疑われたらただではすまない。御用となったら最後、責められてやってもいない罪を白状することになる。そうなれば、主殺し、伯父殺し」

「まあ、待ちなさい。おまえさんはたしかに殺してないんだね」

「はい、人を殺すなんて、そんな恐ろしいこと」

「ここへ来たのは、どうしてだ」

「先生のお名前はお会いしたことがなくても、存じ上げております。湯島界隈、いや、江戸中でも知らぬ者とてない千里眼。ものごとを見抜かれ、数々の謎を解いておられます。伯父は本当に死んでいるのか、もしそうなら、いったいだれが殺したのか。伯父の姿が見当たらないのはどうしてか、その謎を解き明かし、あたしの疑いを晴らしていただきたいのです」

芳斎はふうっと煙を吐き、煙管を灰落としに打ちつける。

「半年前から丹波屋の番頭をしていると言ったね」

「はい」

「その前はどうしていたんだね」

「神田の岩本町《いわもとちょう》にある小間物屋《こまものや》で番頭をしておりました。美濃屋《みのや》と申しまして、小

「さな店ではございますが、小僧から奉公した店です」

「その小間物屋を辞めて半年前に丹波屋に移ったのか」

「伯父が突然訪ねてまいりまして、十数年ぶりになりましょうか。いきなり申しますには、自分には女房も子もない。丹波屋は質屋としては湯島あたりの町の人たち、本郷のお武家様方を相手に手広く商売をしている。還暦を過ぎて後継《あとつぎ》がないのは先行き不安だ。おまえさえよければ、丹波屋を継いでもらえないかと」

「丹波屋をおまえさんに譲りたいと」

「はい。そこであたしも思案いたしました。美濃屋さんには親をなくしたあたしを拾っていただいた恩があります。もともと小さいお店で奉公人も少なく、番頭とは申せ、小僧に毛の生えたようなものでございます。勤めあげて、いつか暖簾分けが叶えばうれしいが、それは遠い夢、いつのことやら」

「そこへ丹波屋から話があったわけか」

「聞けば湯島の丹波屋はかなりの身代で羽振りもよさそうです。末にはそこの主人になれる。つい欲が出まして」

「十数年ぶりというと、おまえさんはそれまで、甚兵衛さんとは会ってなかったのかい」

「あたしの父は伯父とは仲が悪うございまして、ほとんど行き来がございませんでしたので」

「ふうん」

「伯父も父ももとは葛西浦《かさいうら》の貧しい漁師の出でございます。これはあたしが生まれる前のことで、父から聞いた話ですが、海苔《のり》や貝を獲り猫の額ほどの畑を耕し、細々と暮らすのに嫌気《いやけ》が差し、伯父は一旗揚げると村を飛び出し江戸へ行き、商売の才があったとみえまして、わずか数年で質屋の主となり、手広く商いをしておりました」

へえ、そうだったのかと和太郎は感心する。在所から江戸へ出てきて一旗揚げるのは並大抵のことではない。商売の才があるか、あるいは甚兵衛なら、相当に阿漕《あこぎ》で汚い金儲けをしていたのか。

「村であたしの祖父母の世話をしておりました父は、やがて祖父母がなくなりますと、兄を頼って江戸に出ました。羽振りのよかった甚兵衛は父に言ったそうです。兄弟とはいえ、自分は今の商売が手一杯、おまえの力になることはできない。が、元手をいくらか用立てよう。質屋をしているのでよくわかるが、金の貸し借りは親子兄弟でも諍《いさか》いのもと。これは貸すんじゃない、おまえにやるんだから、返さなくてもいい」

へえ、と和太郎は意外に思う。あの強欲な甚兵衛が弟のために金を用立て、しかも返さなくてもいいだなんて。

「返さなくてもいいが、その代わり、今後はどんなに困っても手は貸さないから二度と頼るんじゃないぞ。そう言って渡された包み。ありがたいと開けると中に一文銭《いちもんせん》を紐《ひも》に通した百文差《ひゃくもんざ》し」

「ええっ、たったの百文」

和太郎は驚く。百文じゃ商売の元手にならないや。やっぱり甚兵衛らしいや。

「父は思ったそうです。因業《いんごう》な兄貴め、厄介者《やっかいもの》に頼られては困ると、わずか百文で縁切りか。それならこっちも百文元手に見返してやる。父は百文を元手に担ぎの小間物屋を始めまして、こつこつ銭を貯め、わずか数年で神田富島町《とみしまちょう》に自分の店を持ち、屋号が百文屋。母といっしょになり、あたしが生まれました」

芳斎は感心する。

「なかなかできることではない。甚兵衛さんもおまえさんの父御《ててご》も兄弟そろって商才があったのだな」

「人間、一所懸命《いっしょけんめい》に働けばなんとかなるもんだ。父はよくそう申しておりました。小さい店ですが、そこそこに繁盛しており、父と母は夫婦仲もよく、子のあたしが言うのもなんですが、母はなかなかの器量よしで、町内の評判にもなっていたほど。が、あたしが十歳のとき、盗人に入られました」

　佐助は肩を落とす。

「奉公人も置かないような小さな店でしたが、そこそこに繁盛しているので目をつけられたのか、夕暮れの逢魔《おうま》が時《とき》、外から帰ってまいりますと、店は荒らされて、奥の間《ま》で父と母が死んでおりました」

「ほう、それはまた」

「父は刃物で一突きにされ、母には首を絞められたあとがあり、むごいことに」

　佐助は言い淀む。

「思い出すのも恐ろしゅうございますが、手込めにされておりました」

「なんと。して、下手人《げしゅにん》は」

「とうとうわからずじまいです。蓄《たくわ》えはごっそりと持っていかれ、家は借家でしたので、弔いのあと、品物を処分しますと、なにも残りません。気の毒に思ってくれた父の商売仲間、美濃屋さんに小僧として奉公させていただき、半年前までお世話になっておりました」

「その弔《とむら》いのとき、甚兵衛さんに会ったんだね」

「はい、それが最初で、その後ずっと音沙汰なく、半年前が二度目でした」

「弔いのあと、甚兵衛さんはおまえさんを引き取らなかったのか」

「もともと兄弟仲は悪うございましたから」

「それが今になって、おまえさんに丹波屋を譲りたいと」

「還暦過ぎて、気弱になったのか。あたしもありがたく伯父の申し出を受けたのですが、これがまた、大変でして」

「ほう」

「伯父が言いました。わしが死んだら、丹波屋の身代は竈《かまど》の灰までおまえのものだ。だが、身内とはいえ、おまえを甘えさせるつもりはない。商売を覚えるためにも、若旦那としてではなく、番頭として働いてもらう。わしのことも伯父とは呼ばずに旦那様と呼ぶようにと」

「なかなか手厳しいな」

「驚いたことに丹波屋には奉公人がひとりもおりません。ですからあたしは、番頭とは名ばかり。店の用事はもとより、掃除、洗濯、薪割《まきわり》、まるで小僧と女中を合わせたような仕事を朝から晩まで言いつけられます。飯の支度だけは朝と夜に裏の婆さんがやってくれます。婆さんが言うには、丹波屋には小僧も女中も奉公人は居つかない。旦那がケチで給金が安い上に人使いが荒い。近頃では口入屋《くちいれや》も見放して世話してくれない。おまえさん、よくこんな家で働く気になったねえと。婆さんはあたしが甚兵衛の甥とは知らず、いろいろと内幕を話してくれました」

　佐助は自嘲《じちょう》する。

「あたし、改めて思いましたよ。伯父が店を譲るといったのは、あたしを釣りあげて、奉公人代わりに給金も払わずにこき使うためだったのかと」

「なるほど、口入屋にも見放され、唯一の身内のおまえさんに目をつけたというわけだな」

「あたしも腹をくくりましてね。そっちがその気なら、ここはひとつ我慢してみよう。伯父も還暦過ぎ、長くてもせいぜい、あと十年も生きればいいほうだ。そのあとは、この丹波屋があたしのものになるんだと。それだけを楽しみに、この半年、一所懸命に働きました」

「じゃあ、甚兵衛さんが死ねば、一番得をするのはおまえさんというわけだな」

　はっとする佐助。

「ああ、どうしましょう。あたしが甚兵衛の甥だと知れたら、ますます疑われることになりますねえ」

　とんとんとんと階段を上がり、卯吉が顔を出す。

「先生、今、下に義平親分がお見えです」

第三章　消えた死人

一

「ええ、先生、夜分にお邪魔いたします」

そう言いながら二階へ静かに上がってきたのは、町方の手先を勤める天神下の義平である。すぐ後ろには四角い顔の子分留吉《とめきち》が続く。

「親分、ご苦労だな。忙しそうじゃないか」

義平は芳斎の前に座って手をつき、白髪《しらが》頭を下げながら、ちらっと佐助を見てうなずく。子分の留吉は階段の前でじっと控えたままである。

「へへ、貧乏暇なしってところで。ときに、そちらにいらっしゃるのは、妻恋町の丹波屋さんの番頭さん、佐助さんじゃありませんかい」

佐助は無言で震えている。

「おお、親分、よくわかったね。ご推察の通り、こちらは丹波屋の佐助さんだ」

義平は佐助を見つめたまま言う。

「蛇《じゃ》の道は蛇《へび》と申しますから」

「なるほど。さすがは天神下の義平親分だ。佐助さんが困ったことがあるというんでね。わたしが相談にのっていたところさ」

にんまりと笑う義平。

「そうでしたか。じゃあ、あたしも手間が省けて大助かりです。佐助さん、ちょいと尋ねたいことがあるんで、番屋までご足労願えませんかねえ」

おびえて、佐助は返事もできずにおろおろしている。

代わって芳斎が義平に問う。

「親分に尋ねるが、佐助さんに尋ねたいというのは御用の筋かね」

「あたしが番屋で、といえば、まず御用に違いありません。佐助さんがここに相談に来ている以上、先生もおおよそわかってらっしゃると思いますが、妻恋坂の質屋、丹波屋甚兵衛殺しの一件です」

佐助は恐ろしそうに下を向く。

「ということは、甚兵衛さんが殺されたので、佐助さんに疑いがかかっているというわけか」

「そいつはこれから佐助さんの話をゆっくり聞いてみないとなんともいえません。あたしにわかっているのは、甚兵衛がどうやら殺されたらしいということ。今日の夕方、丹波屋の裏のお熊婆さんが人殺しという声を聞いて」

「なに、お熊婆さん」

芳斎が聞き直し、和太郎も驚く。

「親分、丹波屋の裏に住むお熊婆さんというのは大柄で色の黒い」

「ええ、先生、ご存じですか」

「うむ、ちょっとした用件を頼まれたことがあってね」

「そうですかい。世間は狭いや。で、そのお熊婆さんが人殺しという声を聞いて、おそるおそる丹波屋を覗いたら、佐助さんが血まみれで突っ立ってたと」

芳斎はうなずく。

「わたしが佐助さんから聞いた話と同じだな」

「じゃあ話が早い。さ、佐助さん、ちょいと番屋まで」

動けないでいる佐助の側《そば》に留吉がそっと近づく。

「親分、佐助さんが番屋に行くとどうなる」

「そうですねえ。なにがあったのか、あたしがまず、根掘り葉掘り詳しく話を聞き出します。で、これは疑わしいと思ったら、身柄を大番屋へ送ります」

「ほう、大番屋か」

「まあ、そこへしばらく留め置きってことになりましょう。町方の旦那が取り調べなさいます。場合によっちゃ、掛かり合いの者が呼ばれるかもしれません。そこでいろいろあって、白か黒かが決まります。白なら放免ですが、黒ならお牢へ移されます。後日、お白洲《しらす》へ引き出され、人殺しですから、これはお奉行様直々《じきじき》にさらに詮議され、どういうお仕置きになるか、打ち首か、獄門か、市中引き回しのうえ磔《はりつけ》か、罪状に見合う刑罰が言い渡されます」

恐ろしさに悶える佐助の肩をそっと留吉が押さえる。

「だが、親分。人殺しというが、裏のお熊婆さんは佐助さんが甚兵衛さんを殺した場面を見ていないんだろう」

「婆さんが覗いたときにはすでに佐助さんは血まみれだったそうですから」

「刃物かそういったものはあったのかい」

「まだ見つかってはおりません」

「そもそも甚兵衛さんの亡骸《なきがら》がどこにもないというのが変じゃないか」

「そうなんですよ。そいつがちょいと腑に落ちねえんで。殺したあと、どっかに始末したんでしょうが」

　義平はじろっと佐助を睨む。

「わたしが佐助さんから聞いた話では、外で用を済ませて帰り、店の戸を開けて中に入ると甚兵衛さんの姿が見えない。ただいま帰りましたと繰り返したそのとき、助けてくれ、人殺しという声がして、あわてて座敷に入ると畳や壁に血が流れていて、着物に血がついた。が、家の中を見回したが甚兵衛さんの姿はどこにもなく、そこへ婆さんが覗きに来たと。そうですね、佐助さん」

「はい、その通り、間違いございません」

「叫び声を聞いたお熊婆さんがすぐに覗きに来たんだから。はたして始末する暇《いとま》があるだろうか」

「血だらけの佐助さんを見た婆さんがびっくりして飛び出して、近所の者たちが集まってくるまで、しばらく間があったと聞いております。始末するとすれば、そのわずかの間だが、先生、いかがですか」

　芳斎は腕を組み首を傾げる。

「さあて、どうかなあ。こいつはちょっと難問だが、面白い」

佐助が泣いて訴える。

「先生、面白いだなんて、あたしは生きるか死ぬかの瀬戸際です」

「ああ、すまない。ときに親分、甚兵衛さんが殺されたとして、佐助さんが帰ってきたとき、すでにだれかが家の中にいて、甚兵衛さんを殺したということも考えられるんじゃないか」

「たしかに評判のよくない質屋で、裏で汚い金貸しもやってたようですから、恨んでる者は他にいくらでもおりましょう。そんな話も佐助さんから聞きたいと思っております」

「わかった。佐助さん、親分もお役目だ。番屋まで行くしかなさそうだよ」

あわてる佐助。

「ええっ、どうかお助けくださいまし」

「うん、わたしもなんとか考えてみよう。この義平親分は御用聞きの割にはそう怖い人じゃない。血まみれで突っ立っていたというからには、疑われても仕方ない。番屋から大番屋に送られることになるかもしれないが」

「ああ、そんなあ」

恐怖に震える佐助に芳斎はやさしく言う。

「佐助さん、ここはひとつ、腹をくくることだ。どんなに詮議で責められようと、やっていないなら、なんとかなる。だけど、これだけは言っておく。やってもいない罪を決して白状してはいけない。たとえ無実だとしても、それだけでお仕置きになるからね」

「わあ」

「大丈夫だ、やってさえいなければ。下手《へた》に逃げようとしたり、嘘やごまかし、とりつくろったことを言ってはいけない。嘘は必ずどこかでほころびが出る。知ってることだけ、本当のことだけを包み隠さず言うんだよ」

佐助はがっくりと肩を落とし観念する。

「先生、わかりました。どうか、どうか、あたしの無実をお晴らしください。先生だけが命の綱、頼りにしております」

芳斎は静かにうなずく。

「うん、親分、わたしからも頼む。お手柔らかに」

「先生の頼みなら、まあ、少々手加減はいたしましょう」

義平に目で合図され、留吉にぐいっと立たされた佐助に芳斎が言う。

「佐助さん、まあ、しばらくは我慢しておくれ。頼まれた以上は、できるだけのことはするよ」

「先生、どうかよろしくお願いいたします」

「あ、それから、親分、妻恋坂の質屋は今、どうなってるかな」

「町方の旦那がいらして、店も座敷も蔵も一通りお調べになりました。夜分なので、明日には床下から天井裏まで甚兵衛の死骸がないか、家探しということで、今は入口に小者が交代で見張りに立っております」

「そうか。親分、明日、わたしにその検分、見せてもらえないかねえ」

義平は首を傾げる。

「さあ、どうでしょうか。これはお上《かみ》の御用ですからねえ。いくら普段から世話になってる目利きの名人、芳斎先生でも」

「駄目かねえ」

「うーん」

義平は腕組みして、しばし思案する。

「明日のご検分は植草《うえくさ》の旦那です。先生には師走の大捕物で、借りがありますから、なんとかなるかな。じゃ、あたしから、旦那にうかがっておきますよ。ともかく、明日の朝、妻恋坂にいらしてください」

「ありがたい。恩にきるよ、親分。死骸のない人殺し、こりゃ、なにかからくりがありそうだからね」

梅花堂の入口で、義平と留吉に引っ立てられていく佐助を見送る芳斎と和太郎。

「どうなるんでしょうね、佐助さん」

「さあ、どうなるんだろうな」

「え、先生、佐助さんの疑いを晴らすんじゃないんですか」

「無実ならば、そうしてやりたいのはやまやまだが」

「無実ならばって、先生、佐助さんは無実でしょう」

「話をそのまま鵜呑《うの》みにすれば、そうなるが」

「信じてないんですか」

「だからさ、和太さん。信じるも信じないも、話があやふやですっきりしないじゃないか。まだ材料が少なすぎる。少ない材料であれこれ頭を悩ますことはないよ。明日になったら、もっといろいろと材料がそろうかもしれない。今日は一日でいろんなことがありすぎたから、ちょっと頭を休ませなければ」

和太郎もうなずく。

「ほんとですね。長い一日でした。この春はこれといった謎解きがずっとなんにもなかったからなあ。せいぜい踊る雛人形ぐらいで」

「その話はいいよ」

「あ、でも、今日はいろいろと驚いたけど、最後にもうひとつびっくりすることがありました」

「そうかい」

「だって、丹波屋の裏に住んでるのが、猫の家出のお熊婆さんというんですから」

「はは、それもそうだな。たまたまだろうが」

「たまたま。猫の名前がお夕マちゃん、先生、洒落《しゃれ》になってますねえ」

お寅が声をかける。

「先生、和太、いつまでもそんなとこに突っ立ってないで。遅くなりましたけど、夕飯をどうぞ」

妻恋町は湯島天神の南、神田明神の北にあたり、妻恋坂を上がったところに妻恋稲《い》荷《なり》がある。かつて日本武尊《やまとたけるのみこと》が東征の折、入水《じゆすい》して亡くなった妃の弟橘媛《おとたちばなひめ》をこの地で偲《しの》んだことから建立《こんりゆう》されたと伝えられ、妻恋稲荷と呼ばれている。

「朝は清々《すがすが》しくて気持ちがいいねえ、和太さん」

あんなこと言ってるよ。和太郎は呆れる。引きこもりの芳斎が朝に外出するなんてことは、ほとんどないのだ。たまに町内の湯屋《ゆうや》、天神様のお参り、不忍池で蓮《はす》や鯉《こい》や亀《かめ》を眺めるぐらいで、それもたいていは昼飯のあとや夕暮れ前と決まっている。

朝は梅花堂の二階で本を読んでいるか、煙草《たばこ》を吹かしながら窓の外の景色をぼんやり眺めているか、そんなところだ。

「ほんとですねえ。朝は身が引き締まります」

妻恋町まで来ると、質屋の丹波屋はすぐにわかった。入口の前に六尺棒を持った町方の小者が立っており、みだりに野次馬が入らないよう睨みをきかせている。どうやら検分は始まっているようだ。

芳斎と和太郎が入口に近づくと、小者がじろっと見る。

「なにか御用で」

芳斎の身なりが羽織袴《はかま》に脇差、髪型が総髪、士分《しぶん》のようなので口調は丁寧《ていねい》ながら、態度は横柄《おうへい》である。

「いや、実は」

そう言いかける間もなく、中から義平が近づいてくる。

「先生、お待ちしておりましたよ」

「おう、親分」

義平は小者に頭を下げる。

「このおふたりは植草の旦那のお許しを得ておりますんで、どうぞ、お通しくださいまし」

「へい、さようならば、どうぞ、お通りください」

店はさほど広くない。土間があり、畳の部分が帳場《ちょうば》になっている。壁には引き出しのたくさん付いた簞笥《たんす》がある。客が持ち込んだ品物を前にして、ここでやりとりするのだろう。

「ほう、これが質屋か。道具屋とはずいぶん違うな」

店内には奉行所の小者が何人か立ち働き、簞笥の中を調べたりしていたが、芳斎と和太郎を怪訝《けげん》な顔で見る。

和太郎は小者たちにぺこぺこと頭を下げる。

「親分、佐助さんはどうなったかね」

「ゆうべのうちに、大番屋送りになりました。今のところ、やったかやらないか、それはわかりませんが、ほんの少しでも疑わしければ、留め置くしかありません」

「まあ、そんなところだな」

「さ、先生、和太郎さんも、ともかく、こちらへ」

義平はふたりを店の奥の座敷へ案内する。

「おふたりとも、入口の柱と畳が血で汚れたままなので、触れないようお気をつけください」

「わあ」

血の跡がそのままの座敷を見て、和太郎が顔をしかめる。

座敷に入ると、朱房《しゅぶさ》の十手《じって》を手にてきぱきと小者を指図していた植草平十郎《へいじゅうろう》が気づいて、挨拶する。

「芳斎先生、ようこそお越しくだされた。そちらは梅花堂の」

「はい、和太郎でございます」

和太郎はぺこぺこと頭を下げる。

平十郎は三十五、六、髪は小銀杏《こいちょう》、着流しに黒い長羽織、南町奉行所の定町廻り同心を勤めている。

「無理やり押しかけまして、申し訳ないですな。実はここの番頭佐助と少々掛かり合いがございまして」

「義平から聞いております。先生には昨年、いろいろとお世話になりました。今回もなにかお気づきのことがあれば、ご助言くだされ」

「いえいえ、お役目の邪魔にならぬよう見せていただきます」

芳斎はぐるっと座敷を見回し、首を傾げる。

「血の跡ですが、思ったより少ないようですね。佐助の着物がけっこう汚れていたので、血の海にでもなっているかと」

「突かれるか、斬られるか、またどの部位を傷つけられるか、腹か胸か首か背か、それによっても流れほとばしる血の量は違いますが、なにより不可解なのが屍《しかばね》がどこにも見当たらぬこと」

「見当たりませんか」

平十郎は苦い顔でうなずく。

「昨夜、店の中、座敷、台所、蔵も調べたが、どこにも見つからなかった。今朝は床下から天井裏まで探索しておるのですが」

「質屋といえば、大事な品や大金を隠す隠し部屋のようなものがありませんか」

「さあて、大名か大身《たいしん》の武家屋敷なら、そのようなものもあるかもしれぬが、見るからに安普請《やすぶしん》の狭い家で壁も薄く、隠し部屋などは無理であろうか」

「植草さんは、佐助が甚兵衛を殺したとお思いですか」

「いや、じっくり取り調べてみなければなんともわからぬが、血にまみれた前後の有様からして怪しいことは怪しい。が、甚兵衛はかなり阿漕《あこぎ》な商いをしておったとも聞いております。質屋の看板の裏で高利の金を貸しており、これを恨む者もいたという」

「貯め込んでいたのなら、それを狙う者もいるはずでは。金は盗まれておりましょうか」

「うむ。それが帳場にも奥の手文庫にも金は残っている。蓄《たくわ》えがいかほどあったかはわからぬが、盗人ならば、根こそぎ持っていくはずだが」

「なるほど」

「ともかく、佐助が甚兵衛を殺害したにせよ、余《よ》の者の仕業《しわざ》にせよ、亡骸《なきがら》がなければ、詮議もなかなか難しい」

「亡骸が見つからぬまま、佐助がお仕置きになるようなことは」

「うーん、動かぬ証拠がなくとも、白状すれば、お仕置きになる。が、白状しなくとも入牢となれば、お裁きが決まるまでの間、牢内で地獄のような苦痛を味わうことになろう」

芳斎はうなずく。

「では、ざっと家の中など見せていただいてもよろしいでしょうか」

「うむ、お好きになされよ」

平十郎は義平に声をかける。

「義平、先生を手伝うがよい」

「へい、承知いたしました」

「芳斎先生、お得意の千里眼で、消えた屍を見つけてくだされ」

にやりと笑い平十郎は小者たちとの打ち合わせに戻る。

「では、親分、よろしく頼むよ」

芳斎は懐《ふところ》から取り出した天眼鏡で柱や壁や畳に付いた血の跡を丹念に調べる。

「和太さん、ちょっといいかな」

「はい」

「そこに立ってみてくれないか」

「ここですか」

「うん。血の跡がここだからな。和太さんが甚兵衛としてだね。座敷の入口から入った下手人《げしゅにん》がいきなりこう刺すとする」

芳斎は天眼鏡を刃物に見立てて、和太郎の腹のあたりを突き刺す真似をする。

「うっ」

和太郎は突き刺された気になって、呻《うめ》く。

「すると、血しぶきが下手人にかかり、壁や柱に飛び、甚兵衛がここに倒れる。と、畳にも血が流れる。うーん。だが、それにしては量が少ないようにも思うね。佐吉が座敷に入るときに柱の血が着物に付いたということは考えられる。返り血を浴びたほどには汚れていなかったからな」

芳斎は今度はしゃがみ込み、畳を丹念になぞる。

「うーん。刺されてここに倒れたとして、引きずったあとがないのもおかしい。血溜まりにもなっていない。まるで甚兵衛が刺されてすぐに、煙のように消えたとしか思えない」

「先生、死人が煙のように消えるというのは、ありえませんよ。ありえるとすれば、だれかが動かすか、死人が勝手に動くかです。あ、死人が勝手に動くのもありえませんけどね」

「和太さん、おまえ、たまにはいいこと言うね」

芳斎は家中をくまなく調べ、義平に言う。

「親分、蔵も見せてもらえるかな」

「ようござんす。じゃ、土間から庭へお回りください」

土間の脇が裏庭に通じており、そこに蔵があるのだ。

「親分、今日は留さんはいないのかい」

「ああ、留の野郎でしたら、朝から、天井裏や床の下を這いずり回っていますぜ。甚兵衛の死骸が出てこないかと」

狭い裏庭の片隅に物置小屋ほどの小さな蔵がある。

「座敷の縁側《えんがわ》からでも、ここへ出られるね」

芳斎は縁側から蔵までの裏庭を調べて回る。

「ずいぶんと踏み荒らされているようだ」

「ゆうべも今朝も、旦那や小者が行ったり来たりしましたからね」

「佐助が下手人でないとして、別のだれかが甚兵衛を殺し、縁側からそっと逃げる。が、その場合、死骸は座敷に倒れたままだろうな。うーん」

芳斎は蔵の前に立つ。

「この錠《じょう》はずっと開いてたのかな」

「いいえ、ゆうべ、検分のときに開けましして、ざっと見て、またすぐに閉めましたが、今朝はずっと開けたままで、旦那がいろいろ調べておられました」

芳斎は蔵の中に入り、義平と和太郎が続く。

質草を預かる質屋蔵だけあって、小さいながらも壁は厚く、中はひんやりしていた。ここにも引き出しの付いた大きな箪笥や長持《ながもち》がいく棹《さお》かあり、棚には品物の入った木箱や、むき出しの器や道具類が並んでいる。

「蔵の中にも甚兵衛の死骸はなかったんだね」

「はい、狭い蔵なんで、どこにも隠す場所はありませんね。長持の中も探しましたが、いったいどこへ消えたものやら」

芳斎は棚に並んだ道具類を眺める。

「さすがに質屋の蔵。梅花堂の二階ほどではないにしろ、いろいろと珍しい品がそろっているね。これがみんな質草なのか」

和太郎も見回す。

「そうでしょうね。どの品にも名札がこよりで結わえてあります。そこが道具屋とは違いますけど」

「おや」

芳斎は棚の隅にある粗末な小皿に目を留める。

「これは質草じゃなさそうだ」

手に取って臭いを嗅ぐ。

「さっきからなにか臭うと思っていたが、この皿、生臭いね。魚でものせてあったか」

床を天眼鏡で調べる。

「質屋で猫を飼うということはあるのかな」

「ええ、あると思います。鼠《ねずみ》が出て、大事な質草を食い荒らされちゃ困りますから」

「なるほど、丹波屋でも猫を飼っていたのか」

「さあ、そこまではわかりませんが」

なんだか、店のほうがざわついている様子である。

「おお、いよいよ死骸でも見つかったかな。親分、蔵はこのくらいにして、戻るとしよう」

芳斎たちが蔵から店のほうに戻ると、土間に義平の子分、留吉がひざまずいていた。埃《ほこり》や泥や蜘蛛《くも》の巣で全身が煤《すす》けたようになっている。

横には口を荒縄で縛られた大きな麻袋が置かれ、畳に座った植草平十郎がそれを見下ろしている。

「床下でそれを見つけたと」

「へい、龕灯《がんどう》をお借りしまして、なにか出てこないか隅から隅まで探しておりましたら、もっこりと盛り上がったようになっている場所がありまして、土が柔らかいんです。それで、手で掘り返してみると、こんなものが出てまいりました。ちょいと汚れておりますが、まだ新しゅうございます。甚兵衛の死骸にしちゃ、小さすぎるようにも思いますが」

「開けてみよ」

「へい」

留吉は恐る恐る縄を解き、袋の口を大きく開け、中身を土間に出した。

「おおっ」

死骸には違いない。が、それは大きな猫の無残な姿であった。

二

「なんですか、親分。あたしゃ忙しいんですから。ゆうべも引き留められて、さんざん話を聞かれて、これ以上、もう何も申し上げることはないんですけどねえ」

ぷりぷりと文句を言いながら、丹波屋の店先に入ってきたのは、大柄で色黒の老婆、裏の仕舞屋に住むお熊であった。

「まあまあ、すまねえが、ちょいと見てほしいものがあるんだ」

義平はお熊を店の中へと誘う。

「おや、驚いた」

目ざとく芳斎を見つけて、お熊が素《す》っ頓狂《とんきょう》な声をあげる。

「そこにいるのは千里眼のへっぽこ先生じゃありませんか」

相変わらず口の悪い婆さんだぜ。和太郎は苦笑する。

「おお、お熊さん、その節は」

「ふん、おタマも見つけられないで、ここの捕物に首突っ込んでるんですか。ずいぶんとお閑《ひま》なんですねえ」

「さあ、それなんだが、おまえさんが可愛がってたのは、太った大きな三毛猫という話だったね」

「え、見つかったんですか。おタマ」

「うん。たぶんな。留さん」

「へい」

留吉は言われて、お熊に土間の隅の筵《むしろ》を指し示す。

「婆さん、さっき、俺が見つけたんだけど、ちょいと見てくれねえか」

被せた筵をぱっと取ると、そこには三毛猫の死骸があった。

「あぁっ」

お熊が近寄り叫び声をあげる。

「おタマ、こんなむごい姿になって」

芳斎がなだめるように言う。

「お熊さん、おタマに間違いないね」

「はい、先生。だれが、だれがこんなひどい仕打ちを」

なりゆきを見ていた植草平十郎は首を傾げる。

「甚兵衛の亡骸は見つからず、床下から出てきたのは猫であったか。はて、これはいかなるわけであろう」

「植草様、申し上げます」

芳斎が向き直る。

「本日はお役目お取り込みの最中、無理やり押しかけ、座敷から蔵までざっと見せていただきまして、お心遣いありがたく存じます。つきましては、わたしにいささか思うところあり」

「ほう、芳斎先生。遠慮はいらぬ。申されよ」

「おそらくは丹波屋甚兵衛、存命ではないかと」

「なんと」

平十郎をはじめ、その場の者たちから驚きの声があがる。

「甚兵衛が生きておると申されるか」

「はい」

「そのわけは」

「そこにある猫でございます」

ぼろ布のようになった猫の死骸を芳斎は指し示す。

「この猫が」

「人の血と獣の血は、見た目だけではなかなか区別がつきにくうございます。座敷の柱や壁や畳の血、甚兵衛のものではなく、それなる猫の血ではないかと」

「猫の血じゃと」

「お奉行所には検視のお役人がおられましょう。座敷の血痕、詳しくお調べいただきますよう。人の血でなく猫の血とわかりましたなら、甚兵衛は血を流してはおらず、ゆえに生きておるかと」

「しかし、甚兵衛はなにゆえにそのようなことを」

「自分が死んだことにしたいためかと思われます。聞くところによれば、本郷あたりのご直参相手に高利の金を貸しつけ、法外な利を得ていたとか。ご直参の方々の間で、甚兵衛憎し、これを討つべしとの動きもあったよし」

「うむ。その話は拙者《せっしゃ》の耳にも入っておるが」

「身辺が危なくなった甚兵衛、そこで討たれる前に姿を消す。自分が殺されたことが世間に広まれば、さらに追われることもない」

「それで猫を殺し、座敷に血を撒いたと」

「はい。お熊さん、猫がいなくなったのは、たしか四、五日前だね」

「そうでございます」

「甚兵衛はまず、裏のお熊さんが飼っている猫に目をつけこれを捕まえ、しばらく蔵に閉じ込めていたのではないかと思います。蔵の中で猫に餌を与えたとおぼしき小皿が見つかりました」

「まあ、まあ、ほんとですか、先生」

「うむ」

「そんなことのためにおタマが」

お熊は袖で目を覆う。

「甚兵衛は昨日、佐助に用を言いつけ、本郷に行かせました。その間に猫を殺し、絞り出した血を座敷の柱や壁や畳に流し、死骸は袋に詰めて床下に埋めます」

「つまり、血は佐助が戻る前にすでに座敷に流れておったのか」

「はい、佐助が戻ったのを見はからい、裏に住むお熊婆さんに聞こえるよう、わざと大声で人殺しと叫びます。驚いて佐助が飛び込んでくる。甚兵衛はそのときには縁側から庭へ出て、佐助が室内をうろうろしている間に何食わぬ顔で往来へ逃れ出ます。そこへお熊さんが現れ、着物に血の付いた佐助を見て、騒ぎになります」

「甚兵衛殺しは甚兵衛本人が仕組んだ狂言だと言われるか」

「はい。甚兵衛は汚い金貸し稼業で相当に蓄えていたかもしれません。店の帳場や手文庫にあったのはそのごく一部、残りはごっそりと持ち出しているのでしょう」

平十郎は腕を組んで首を傾げる。

「しかし、それならば、密かに金を持ち出し、そっと姿を消せばよいではないか。なにゆえそれほど手の込んだ真似を」

「ひとつには、自分が死んだことを世間にはっきり知らせるため。それにはことが大《おお》袈裟《げさ》になるほうがいい。佐助が人殺しと疑われるが死骸がない。死人が煙のように消えたとなると、それだけで不思議な一件。評判になりましょう」

「たしかに。噂好きの世間のこと、面白がって瓦版《かわらばん》が書きたてよう」

「もうひとつは、佐助を下手人に仕立てたかったのではないか」

「それはまた、なにゆえに」

「番頭として奉公しておりましたが、佐助は甚兵衛の実の甥《おい》であったのです」

「それはまことか」

「昨夜、本人の口から聞きました。甚兵衛の弟のせがれであり、行く行くは店を相続する身でもあると。甚兵衛が死ねば丹波屋は佐助のものとなります。お調べが進めば、たとえ血で着物が汚れていなくとも、やはり一番に疑われましょう」

「うむ。が、自分の死を装い、実の甥を下手人に仕立てるなどとは」

「甚兵衛は佐助の父とは兄弟仲が悪かったそうで、兄弟の間の憎しみは他人よりもよほど強く大きいと申します。佐助の父はすでに死んでおりますが、そのせがれである佐助を半年前に丹波屋に迎え入れたのは、店を譲るためではなく、居つかぬ奉公人の代わりに只働きさせ、こき使うためであったと思われます。そんなとき、己の身辺が危うくなったので、このからくりを思いついたのではありますまいか」

「うーむ。が、死骸が見つからなければ、そう易々と佐助を下手人にすることもならぬが」

「佐助という男、見たところ、はなはだ小心者でございます。大番所で責められれば、怖気《おじけ》づくあまり、やってもおらぬ罪を認めるやもしれません。となると、死骸がなくともお仕置きは必定《ひつじょう》。主《しゅう》殺し伯父《おじ》殺しは大罪で、重い刑罰となり、これもまた消えた死人同様に評判になりましょう。佐助のお仕置きで甚兵衛の死が世間に広まれば、もはや命を狙う者もなく、名を変え姿を変え、持ち出した大金で悠々と余生を送ることになります」

「では、甚兵衛はどこかに潜んでおると」

「はい、すでに江戸を離れているかもしれませぬが」

　その日のうちに奉行所から検視の役人が呼ばれ、丹波屋の座敷の血は猫のものと判明した。

　間もなく大番屋を放免となった佐助が梅花堂を訪れた。

「先生にはお礼の申し上げようもございません。さすがは謎解きの名人、千里眼の芳斎先生」

「よしてくれ。わたしはなにもたいしたことはしていないよ」

「なにをおっしゃいます。先生がいらっしゃらなければ、あたしはお牢に入れられ、いたぶられたあげく、主殺し伯父殺しで市中引き回しの上、獄門か磔になるところでございました」

「命拾いしたねえ。が、わたしでなくとも、あの座敷の血が猫の血だとわかりさえすれば、おまえさんは助かったよ」

「それを解き明かしてくださったのが先生です」

　佐助はそっと包みを差し出す。

「これは些少《さしょう》ではございますが」

「なんだね」

「このたびのお礼でございます」

「そうかい。まあ、たいした仕事はしていないが、おまえさんの気持ち、遠慮なくいただこう」

　芳斎は包みを手にして驚く。

「おっ」

開けると中に小判で十両。横で和太郎もびっくりする。

「おい、いけないよ、こんなに」

「いいえ、先生。それはあたしの命の値段。どうぞ、お納めくださいまし。それにこのほどお奉行所から質屋の株をいただくことになり、丹波屋をそっくり引き継ぐことになりました」

「なら、なおさら金はいろいろとかかるだろう。畳替えやらなにやらで。甚兵衛が店の金をごっそり持ってったんじゃないのか」

「蔵には質草がそのまま残っておりますし、期限がくればお客様が利息とともに元金をお返しくださいます。商売には大きな障《さわ》りはございませんので。あたしも半年、いろいろと修業いたしました。これからは伯父甚兵衛のような阿漕な高利貸しではなく、お客様のお役に立ち、喜んでいただきたいと思っております」

「いい心がけだ。じゃあ、これはありがたくいただくよ、佐助さん」

「店を継ぎますれば、今後は丹波屋佐兵衛《さへえ》を名乗ろうと思っております」

「へえ、そいつはおめでとうございます」

和太郎もうれしそうである。

「裏のお熊婆さんどうしてます。へへ、可愛がってたおタマちゃんがあんな無残な姿になっちゃって、取り乱して大変だったけど」

「死なれるのがなによりつらい。もう猫はこりごりだと言っておりますよ」

「丹波屋さんでは鼠よけに飼わないんですか、猫」

「あたしはどうも、猫は苦手でしてねえ」

「ほう」

芳斎は佐助の顔をじっと見つめる。

「では、芳斎先生、梅花堂さん、あたしはこれにて失礼いたします」

ふと思い出したように芳斎が言う。

「あ、そうだ。佐助さん、じゃない、丹波屋佐兵衛さん。疑いが晴れ、しかも丹波屋の主人となられた。ここはひとつ、あたしに祝いの席を設けさせてはくれないかな」

突然の申し出に佐助は恐縮する。

「いや、そんなことしていただいては、困ります。わたくしのほうこそ、先生と梅花堂さんをお招きして、一席お付き合いいただきたいところです」

「その気持ちはうれしい。ではどうだろう。二、三日したら、わたしも手が空くので、柳橋あたりで一献《いっこん》」

「ありがとう存じます。さようならば、喜んでお受けいたします」

佐助が帰ったあと、芳斎はじっと考え込んでいる。

「いやあ、先生。人は変わるもんですねえ。この前、ここへ駈け込んできたときの佐助さん、びくびくおどおどして、今にもおびえ死ぬんじゃないかと思うほどでしたが、丹波屋を継いで立派な質屋の主人、堂々としてますよ」

「うん、梅花堂の主人とはずいぶん違うな」

「またまた、そんなこと言うかなあ。でも、半年の間、さんざんこき使われたことが、これで報われたんですから、めでたいです。先生、ほんと、いいこと思いつきましたねえ」

「なにが」

「だって、そうじゃないですか。佐助さんのお祝い。無実が晴れて、質屋の主人になったのを祝おうってんですから。いいとこあるなあ」

「うん、和太さんもいっしょに祝おう。柳橋の茜屋《あかねや》がいいだろう」

「あそこ、高いですよ」

「なあに、十両もあればおつりがくるさ」

翌日、芳斎は朝からぶらっと出かけて、夕暮れまで帰ってこなかった。

「先生、今日は一日、どちらへいらしてたんですか」

「うん、この前、朝の町を歩いたら気持ちよかったので、ぶらぶらしていた」

出不精の芳斎がぶらぶらというのはおかしい。しかも丸一日帰ってこない。これはなにかあるな、と和太郎は思ったが、それ以上は聞かなかった。先生はときどきひとりで調べものをしたり、考え込んだりする。そんなときは何を聞いても無駄だと和太郎は知っている。

その翌日もまた芳斎は一日、出歩いていた。

「和太さん、明日の夕刻、柳橋の茜屋を取っておいたから」

その翌朝も、和太郎が起きたときには、芳斎はすでに出かけていた。

「え、先生、こんな早く出かけたのかい」

「おまえが起きるのが遅すぎるんだよ。早く飯を済ませちゃいな」

お寅に叱られ、眠い目をこする和太郎である。

「今日は先生と柳橋に行くんだけど」

「まったく、おまえは商売もろくに覚えないで、遊ぶことばっかり考えてるんだねえ。先生はおっしゃったよ。おまえが起きたら、暮れ六つに茜屋で待ってると伝えてくれって」

一日、帳場に座ってぼんやり過ごし、さてそろそろ出かける用意。

「おっかさん、じゃあ、行ってきます」

「酔っぱらうんじゃないよ」

「わかってるよ」

うるさいなあ。

「旦那様、行ってらっしゃいまし」

卯吉の元気な声に送られて、往来へ出る。三月も半ば過ぎ、夏が近づきだんだん日が長くなっている。

三年の旅から江戸へ戻って、思えばこの半年、和太郎はひとりで外を出歩くことがほとんどなかった。たいていは店の帳場にぼんやりと座っている。お得意様を回ることもなければ、道具の市へ行くこともない。たまに出かけるときは、たいていが芳斎といっしょなのだ。これじゃ、出不精の先生のほうが俺よりよほど出かけているんじゃないか。

江戸に戻ったというのに、吉原にしろ深川にしろ、行ったはいいが遊んでないんだもんなあ。蛇の生殺《なまごろ》しだぜ。

「おうっ、和太ちゃんじゃねえかい」

「あ、半ちゃん」

御成道《おなりみち》で声をかけてきたのは半次郎であった。

「こないだは世話になったなあ。お花がおまえに一度、ゆっくり礼を言いたいって言ってたぜ」

「そうかい」

「今度うちへ来いよ。いっしょに飲もうぜ」

和太郎はちょっと頬を緩める。お花ちゃん、半公の女房になっても、まだ俺に少しは気があるのかなあ。

馬鹿なことを考えながら、柳橋に着いた。神田川には吉原行きの猪牙舟《ちょきぶね》が舫《もや》ってある。そろそろ夕闇が迫る頃、和太郎は茜屋の暖簾《のれん》をくぐった。

「いらっしゃいまし。あ、梅花堂さん、先生がお待ちでございます」

愛想よく迎えてくれた番頭に座敷へ案内されると、芳斎がひとりで煙草を吸っている。

「先生、お早いですね。佐助さんはまだですか」

「うん、そろそろ来る頃合いだ」

「ここ三日ばかり、毎日お出かけでしたが、先生、なにか考えてますね」

「ちょっともつれた糸が気になって、解きほぐしてたのさ」

「へえ」

なんの糸だろうか。と思ったが、和太郎はそれ以上は聞かなかった。

三

「先生、このたびはこのような立派なお茶屋さんにお招きにあずかりまして」

座敷の入口で佐助が手をつき、深々と頭を下げた。

「よく来てくれた。ささ、遠慮しないでこっちへ」

「ありがとう存じます」

酒と膳が運ばれる。

「佐助さん、おまえさんはたいしたお人だ。今日は心ばかりの祝いの席、ゆっくり楽しんでくれ」

「先生、そして、梅花堂さん、おふたりにはどれだけお礼を言っても言いきれないほどでございます」

「ここ二、三日、ちょっと忙しくてばたばたしてたんだが、なんとか目途《めど》がつきそうなんで、ほっとしたところさ」

「そんなお忙しいときに、あたしのために」

「いいってことだ。実はさるお大名のお殿様から頼まれてね」

佐助は大仰に感心する。

「ほう、さすが、芳斎先生。お大名から」

「うむ。それが化け猫なんだよ」

あ、そうだったのかと和太郎は納得する。先生が出かけてたのは淡路守様の化け猫の一件だったんだな。すっかり忘れていた。

「お名前は出せないが、そのお家、代々猫の祟《たた》りに苦しめられているという。このほど若様が化け猫に襲われなすってね」

「なんだか、恐ろしいお話ですね」

「おまえさん、化け猫は信じるかい」

佐助は笑う。

「どうでございましょう」

「猫は化けるし、祟るともいう。猫を殺した甚兵衛、ひょっとして今頃はもう、猫の祟りで食い殺されているかもしれない」

和太郎はぞくっと震える。

「いやだなあ。先生、怖いこと言わないでくださいよう」

「ふふ、そうだな。めでたい席にいきなり化け猫の話、佐助さん、勘弁してくれ。さ、一杯いこう」

「ありがとうございます」

「ときに猫といえば、白地に黒と茶の模様のある三毛猫。ありゃあ、ほとんど全部雌《めす》だという話だが、おまえさん、知ってたかい」

「へえ、それは存じませんでした」

「三毛は滅多に雄《おす》は生まれないんだが、万が一にも生まれると、縁起がいいというので、高い値がついて売り買いされる。実はあの翌日、南町の旦那、植草さんにもう一度、血を抜かれた猫の死骸を見せてもらえないかとお願いしたんだ。大事な証拠だからまだ捨てられてはいなかった。これが驚いたことに雄だったたんだ」

佐助は考え込む。

「どうかしたかね、佐助さん」

「あ、いえ、さようでございましたか。お熊婆さんはそんな珍しい猫を飼ってたんですね。それであんなに大事に」

「そう思うかい」

「はい」

「ところが、お熊婆さんがわたしのところへ家出した猫を探してくれと頼みに来たとき、大きく太った雌の三毛猫で、名前がおタマ。どうやら婆さんが可愛がってた三毛猫は雌だったらしい」

「えっ、それじゃ、あの死骸は」

「婆さんのおタマじゃなかった」

「ほんとでございますか」

驚く佐助。いきなり芳斎が三毛猫の雌雄の話を持ち出したので、和太郎も怪訝《けげん》そうに首を傾げる。

「うん、婆さんのおタマは大きくて太った雌の三毛。甚兵衛が殺して血を抜いて床下に埋めたのは大きくて太った雄の三毛。死骸は婆さんのおタマじゃなかったんだ。無残な姿だったので、婆さんはてっきりおタマと思い込んだのだろう」

「さようでございましたか」

「とすると、あの死んだ猫はいったいどこから来たんだろう」

「さあ」

「ひとつ考えられるのは、甚兵衛も三毛猫を飼っていた。それも太って大きな雄の三毛を。さっきも言ったように雄の三毛は大変な値打ちがある。丹波屋は質屋だ。高価な猫なら立派な質草にならないかい」

「さあ、生き物を質草というのは、どうでしょうか」

「いや高価な金魚や小鳥が質草になるという話は聞くよ。世話は大変だろうけど。だれかが雄の三毛を質草に預けて、請け出せずに流した。それを甚兵衛が自分のものにした。蔵にあるのはたいてい質流れの品々だ。鼠よけに蔵の中で飼えば都合がいい。あそこにあった小皿、裏からさらって閉じ込めたお夕マの餌ではなく、雄の三毛猫が使っていたものとすれば」

「さあ、この半年、あたしは毎日のように蔵を掃除しておりますが、猫など見たこともありません」

「え、毎日、掃除してるのかい」

「甚兵衛は口うるそうございましたので」

「じゃあ、おまえさん、ここ五日ほど、蔵に閉じ込めてあった猫にどうして気づかなかったんだい」

「いえ、ここ五日ばかりは他の用事が忙しく」

芳斎は大きくうなずく。

「そこで、もうひとつ考えられるのは、お熊婆さんは最初から猫なんて、飼っていなかった」

「ええっ」

和太郎は驚きの声をあげる。先生、なにを言い出すんだろう。

佐助は首を傾げる。

「いえ、あたしはお熊さんが猫を大事にしているのを知っておりますが」

「本当かい」

「いつもお夕マがどうのこうのと話しておりましたが」

「うーん」

芳斎は顎を撫でながら考え込む。

「梅花堂には失せ物や人探しを頼みにいろんな人がやってくる。わたしはね、そういう人にはなるべく詳しいことを聞くことにしているんだ。中にはどうでもいいような話を延々としゃべっていく人もいるが、どんな些細《ささい》なことでも糸口になるからね。それもまた大事なんだよ。ところがお熊婆さんは、ただ太った大きな雌の三毛猫がいなくなったとだけ。詳しく聞こうにも、それ以上はなんにも言わず、千里眼が聞いて呆れると怒って帰っていった」

ああ、そういえばそうだったな、と和太郎がうなずく。

「婆さんがそれ以上言わなかったのは、言わなかったのではなく、言えなかったのではないか。なぜなら、最初からそんな猫はいなかったから。では、なにゆえ婆さんはそんなありもしない話をわたしのところへ持ち込んだのか」

芳斎は煙管《きせる》に煙草盆の煙草を詰めて、火をつける。

「ふうっ。その三日ほどあとだったかなあ。おまえさんがわたしのところへ駈け込んできたのは。丹波屋の裏に住む婆さんが、甚兵衛の叫び声を聞き、おまえさんの血で汚れた姿を見て、大騒ぎした。驚いたことにそれが猫の家出のお熊婆さんだった。世間は狭い。たまたまそんなことが重なるんだなあ。すると、和太さんが猫の名前がおタマだからたまたまですと洒落を言って笑ったんだ。そうだよね、和太さん」

「へっへ、そうでした」

「果たして本当にたまたまだったのか。それとも」

盃《さかずき》を持つ佐助の手が震えている。

「そこでわたしはもうひとつ、別の筋書きを考えてみた。猫を飼ってもいないお熊婆さんがわたしのところへ来たのはなぜだろうか。猫を探してほしいという頼みではなく、ただ、猫がいなくなったことを知らせたかったのだ。次におまえさんが来て、人殺しの疑いがかかっているが、死骸がないという話。たまたまではなく、このふたつが最初からつながっているとすれば、どうだい」

和太郎はぽかんと口を開け、芳斎の話を聞いている。

「人殺しがあったのに、死骸がないという珍しい話。普段、謎解きを看板にしている芳斎なら、きっと乗り出すだろうと思ったのだろう。蔵には猫の餌の皿。床下ですぐに見つかる猫の死骸。壁や畳の血は猫の血で、これも検視のお役人が調べればわかることだ。甚兵衛の死骸がないのは、死んでいないから。と話が進む。おまえさん、見事だよ」

言われて、佐助はうろたえる。

「うまくわたしを引っかけたね。ほんとのところは、甚兵衛はやっぱりもうこの世にいないんじゃないか。猫の祟りで食い殺されたのではなく、人の手にかかって」

「なんですって」

和太郎は素っ頓狂な声をあげる。

「先生の謎解きは間違ってたんですか」

「早い話がそうだよ。だろう、佐助さん」

佐助は観念し、大きくうなずく。

「芳斎先生、悪あがきはいたしません。物事を裏まで見通す先生の眼力、あたしの小手先のからくりなんぞ、足元にも及びません。まさに本物の千里眼。いやあ、参りました。どこでおわかりになりました」

「うまく騙《だま》されたよ。植草の旦那の前でぺらぺらと得意げにしゃべったのが恥ずかしい。放免になったおまえさんが挨拶に来ただろう。あのとき、和太さんが鼠よけに猫は飼わないのかと聞いた。おまえさん、猫は苦手だと言ったねえ」

「はい」

「そう言いながら、おまえさん、なにげなく左手の甲をそっと押さえた」

佐助は左手の甲を押さえ、はっとする。

「そう、そんな具合に。そのときちらっと見えたのさ。真新しい引っかき傷が。で、おまえさんの顔をよくよく見ると、うっすらと傷の跡があるじゃないか。おまえさんは以前から蔵に飼われた猫に餌をやってたんだ。猫は不思議と賢《かしこ》い生き物でね、自分を嫌う者には敵意を見せる。猫嫌いのおまえさんはときどき大きな三毛猫に引っかかれていたのさ」

佐助は今度は顔の古傷を押さえる。

廊下に義平の声。

「先生、義平です」

「あ、親分、どうだった」

「へい、婆さん、あっさりと白状しました。おい、佐助、今度ばかりは縄抜けは無理だぜ」

佐助は頭を下げる。

「ご迷惑をおかけしました。うまくいくと思ったんですがねえ。なにしろ、謎解きの名人、鷺沼芳斎先生にこの身の潔白を明かしていただければ、天下晴れて堂々と丹波屋の主人に落ち着くことができますから」

義平は佐助を睨みつける。

「甚兵衛はおめえが殺したんだな。おうっ、佐助。死骸はどこへ隠した」

「親分、気が早いですね。たしかに甚兵衛はもうこの世にはおりません。今度のことは、あたしがいろいろと仕組みました。だけど、手にかけたのはあたしじゃないんです」

「なんだと、この野郎。この期に及んで、まだ言い逃れする気か」

「言い逃れではございません。本当のことでございます」

芳斎が鋭い目でぐっと佐助を見つめる。

「佐助さん、おまえさんが殺したのではないというんだな」

佐助は肩を落とし、大きな溜息をつく。

「はい、できればあたしが殺したかった。ずっとそう思っておりました。殺しても殺したりない極悪非道《ごくあくひどう》の外道《げどう》の伯父甚兵衛を。この手で殺せなかったのが一番の心残りです。こうなったら、なにもかもお話しいたします。先生、この前、おっしゃいましたね。嘘や作り話でとりつくろっては必ずほころびが出る。本当のことだけを言うようにと」

「うん、その通りだ」

「先生と親分に睨まれては、逃げも隠れもいたしません。なにもかも、洗いざらい申し上げます。その前にちょっと一杯」

佐助は盃の酒をぐっと飲み干す。

「甚兵衛が本郷あたりのご直参、お旗本や御家人衆を得意客にしていることは前にお話しいたしました。中には高利の金を借りておられる方々もいらっしゃいます。三月半ば、さるお旗本のお屋敷に、あたしは甚兵衛のお供《とも》で参りました。このお屋敷にはけっこうご用立てしておりまして、期限が過ぎてもご返済がない。そこで甚兵衛はさらに証文を書き換えたいと願い出ました。書き換えとなると、借金は倍々とふくらみます。そこで先様ではもう少し待ってほしいとおっしゃる。話はお互い嚙みあいません。甚兵衛は今すぐにお返しいただくか、この足でお上に訴え出るかと強気なことを申します。ご身分はあちらがはるかに上とはいえ、金を借りて返せない弱みもあります。そこで甚兵衛はさらにつけ込みました。こちらのお嬢様は美しいお方と聞いている。今、丹波屋では女中がいなくて困っているので、もしも、女中に来ていただけるなら、借金はすべて棒引き水に流しましょうと申しました」

義平は驚く。

「そいつは強請《ゆす》りかい。借金を返せなければ訴えるか、お嬢様を形《かた》に取るか。女中奉公と言いながら、お旗本のお嬢様を妾《めかけ》に差し出せと言ってるんだな」

「まあ、そういうことでございます。闇の高利貸しはご法度《はっと》ですから、訴えれば甚兵衛自身お咎《とが》めとなるでしょうが、表沙汰になればお旗本は身の破滅。そこでお嬢様を形《かた》にとの強談《こわ》判。甚兵衛はいい歳をして女好き、妻恋坂の四六見世《しろくみせ》にもときどき通っておりましたから」

「四六見世とは」

芳斎が首を傾げたので、和太郎が説明する。

「先生、安い岡場所ですよ」

「うむ」

「すると、殿様はおっしゃいました。娘を差し出すのは無理だが、わが家には先祖代々伝わる宝物がまだひとつだけ残っている。これだけはどんなことがあっても手放せないのだが、背に腹は代えられぬ。見てくれぬかと。甚兵衛がそれはいったいどのようなものでございます。と、乗り出しましたら、殿様はこれじゃとおっしゃり、抜き討ちに甚兵衛を一太刀に」

「なんと、その旗本が甚兵衛を斬ったと」

「はい。で、今度は自分の腹を召そうとなさいましたので、あたしはあわてて止めました。殿様がおっしゃるには、天下の旗本といいながら、貧窮の果てに首が回らず、無礼討ちで成敗したとは申せ、借金取りを斬り捨てたのだ。腹を切るしかあるまいと。その日は奥様とお嬢様は女中を連れてお出かけでした。他に奉公人はおりません。このことを知っているのは殿様とあたしだけです」

「それで」

「お旗本のお屋敷、小身《しょうしん》でもお庭は広うございますし、高い塀で囲まれており、周りのお屋敷からも見咎められることはありません。殿様とあたしで、お庭の隅に埋めました」

「そのお旗本とは」

「いずれわかりましょうから、申します。本郷の桑山徳太郎《とくたろう》様でございます」

「大黒様を質に流したという」

「はは、あれはあたしの作り話。桑山様には証文をお返しし、その上に百両を差し上げました」

「気前がいいな」

「お互い、このこと、今後は一切忘れましょうという約束で。さて、死骸は始末したが、そのあと、どうしたものか」

「甚兵衛が行方知れずになった。それだけで十分ではないのか」

「ただ消えただけでは、いろんな方々に迷惑がかかるんです」

「ほう」

「お調べが進めば桑山様をはじめとして、ご直参のみなさまが闇の金を借りていたことがわかります。表沙汰になると厄介です」

「借りても借りなくても、武家の暮らしは苦しいな」

「中でも一番疑われるのがあたしです。一日中こき使われて、お客様の前でも罵《ののし》られている。それでも我慢に我慢を重ねているのはなぜか。調べればあたしが甥だということはすぐにわかりましょう。甚兵衛には子がない。となれば、甚兵衛がいなくなり、一番得をするのは丹波屋をそのまま引き継ぐあたしということになります」

「疑われる前に、自分からわざと疑われるように仕向けたのか。甚兵衛がいないとなれば、毎日飯の支度をしてくれるお熊婆さんが怪しむだろう。そこで婆さんを抱き込んだな」

「甚兵衛が死んだと伝えると、婆さん大喜びで」

「婆さんからも嫌われていたのか」

「甚兵衛を好きな人なんて、この世にひとりもいないと思いますよ。実は婆さんも甚兵衛から金を借りていました。たいした額ではありませんが、婆さんの細々とした暮らしではなかなか返せない。そこで利息代わりに毎日、飯の支度を只働きでやらされていた。そのときぱっと閃いたんです」

「猫と消えた死人のからくりか」

佐助は芳斎を見てうなずく。

「湯島天神近くの梅花堂、二階には千里眼と名高い鷺沼芳斎先生がいて、持ち込まれる謎を次々と解き明かすとか。あらかじめ先生が乗り出してくるような奇妙奇天烈《きてれつ》な謎を作り、手がかりもそこそこに残しておくというのはどうか。そこでさっそく猫を飼ってもいないお熊婆さんに先生を訪ねてもらいました。おタマというのは死んだ猫の名前じゃありません。おタマは行き来のなくなった婆さんの娘の名前ですよ。婆さん、丹波屋の三毛をてっきり雌だと思い込んでいたんだなあ。それがほころびのひとつでした」

「よくまあ、手の込んだことを考えたね」

「婆さんが先生を訪ねた三日目に、三毛を殺して、座敷に血を撒き、死骸はわざと見つかりやすいように床の下に埋めました。夕暮れになって、着物に血をなすりつけ、手筈通り、縁側から裏の婆さんに聞こえるように助けてくれっ、人殺しっと叫びました。それを合図に婆さんが丹波屋の入口にまわり、町内に触れ回る。そのとき、わたしはすでに夕闇の中を梅花堂さんに向かっておりましたよ。あとは先生も親分もご存じの通りです」

「うーん、まんまと引っかかったよ。そうなると親分、佐助さんの罪はどうなるのかねえ。甚兵衛を殺してはいない」

「今の話が本当として、殺したのは猫だけですからね。騒ぎを起こして、お奉行所に迷惑をかけた。死罪にはならないだろうが、丹波屋の身上はお上で没収、佐助の身柄は軽ければ百叩きで江戸追放、重いと遠島ぐらいにはなりましょう。となれば、恩赦でもない限り一生江戸には戻れませんね」

「お熊婆さんはどうだ」

「嘘の片棒担いだだけなんで、お叱りぐらいですみましょう」

和太郎は少しほっとする。あの婆さん、口は悪いが人は悪くなさそうなので、重いお咎めでもあれば気の毒だ。お叱りぐらいなら、まあ、いいか。

「甚兵衛を斬った旗本は」

「町方とは支配違いなのでなんとも言えませんが、桑山様は切腹は免れますまい。人ひとり斬ってるんだから。表沙汰になる前にご病死のお届けを出し、お嬢様に婿《むこ》でも貰わない限り、お家は断絶になりましょう」

芳斎はうなずく。

「佐助さん、ことのあらましはよくわかった。だが、おまえさん、自分の手で甚兵衛を殺したかったと言ったね。それはおまえの親御を襲った盗人にかかわりのあることかい」

言われて佐助はがっくりと肩を落とす。

「先生、さすがに千里眼、ご明察です。あたしがどうして甚兵衛を殺したかったか、今度はひとつ、その話をお聞きなされてくださりませ」

あたしは江戸の生まれですが、前にもお話ししましたように、父も甚兵衛も葛西浦の漁師の出でございます。父から聞いた話ですが、海苔や貝を獲ったり猫の額ほどの小さな畑を耕したりの貧しい暮らしでした。

甚兵衛はそんな暮らしに嫌気が差し、村を飛び出しましたが、そのとき、畑を他人に売り渡し、しかも家の中のわずかな蓄えも根こそぎ持っていったので、残された父は苦労して両親の世話をし、やがて両親が亡くなると、兄である甚兵衛を頼って、江戸に出ました。

甚兵衛は持ち出した蓄えと畑の代金をもとに、江戸で金貸しをはじめまして、高利で汚く儲け、やがて質屋の株を買い、妻恋町で丹波屋の主人となっていました。

甚兵衛は訪ねてきた父に百文の銭を渡し、これをやるから商売の元手にしてなんとかやっていけ。以後、二度と頼ってくるなと申したそうです。

葛西の畑を売り払い家の金を全部持ち出したくせに、俺をたった百文で突き放す気か。それならこっちも百文元手に見返してやる。父は百文を元手に担ぎの小間物屋を始めまして、こつこつ銭を貯め、わずか数年で富島町に自分の店を持ち、屋号が百文屋。働きものの母といっしょになり、あたしが生まれ、小さい店ですが、そこそこに繁盛しており、親子三人しあわせに暮らしておりました。

今から十五年前、あたしが十歳のときでございます。家に盗人が入り、父も母も殺されました。父は刃物で刺し殺され、母はむごいことに手込めにあった上に首を絞められていたのです。

夕暮れに外から帰って、目に入ったその場面、あたしは一生忘れることはないでしょう。

ふと、死んでいると思った父がかすかに息を吹き返し、かすれた声で申します。

盗人は兄貴の甚吉《じんきち》だと。甚吉というのは甚兵衛のもとの名前です。

下手な博奕《ばくち》に手を出して、博徒《ばくと》に借金ができたので、助けると思って金を貸してくれと甚兵衛が言ったそうです。そこで父は甚兵衛から以前元手に用立ててもらった百文を渡し、貸し借りなしだと追い返したそうです。

それを恨んで、甚兵衛が隙を見てそっと忍び込み、父を刺し、母を犯して首を絞め、家中の金をごっそり盗んで逃げたのです。

父はそれだけ言うと息絶えました。

弔《とむら》いは甚兵衛が取り仕切り、店を畳んだ金も自分のものにしたようです。

子供のあたしには親の敵《かたき》を討つだけの力はありません。が、このことはずっと忘れず、いつか必ず甚兵衛を地獄に送ることだけを願い、生きてまいりました。

半年前、その敵がひょっこりとあたしの前に現れたのです。あたしは喜び勇んで丹波屋の奉公人になりました。さあ、どうやって殺そうか。紐《ひも》で首を絞める、包丁で刺し殺す、石で頭を潰《つぶ》す、水瓶《みずがめ》に顔を突っ込んで溺れさせる。子供の頃からこの外道が苦しみ悶えながら死んでいく様を頭の中で何度も何度も思い描いていたものでございます。

が、どんなに強い恨みを持っていても、そうたやすく人を殺せるものではありませんね。結局、甚兵衛は桑山様の手にかかり、さほど苦しみもせずあっという間に果てたのでございます。

丹波屋の身代は元はといえば、葛西浦の畑を売った金でできたようなもの。また、博徒に取り上げられなかったのは、あたしの父と母を殺して奪った金のおかげ。ならば、丹波屋はあたしが貰ってもかまわないだろう。

そこで一芝居、とんだ茶番でございました。

佐助の顔は清々しかった。

「洗いざらいお話ししたので、もう思い残すことはございません。芳斎先生の謎解きにあたしは賭けたのです。下手人と疑われるような手がかりを残し、わざと親分に大番屋に引っ立てられました。芳斎先生が消えた死体の謎を解いてくだされば、あたしは助かります。先生に解けない場合、あたしは主殺し伯父殺しでお仕置きになるでしょう。先生はものの見事に謎を解き明かされ、なんとか命拾いしましたが、天下に名高い千里眼、その裏にあるあたしのたくらみまで見破ってしまわれた。甚兵衛が死んだ以上、あたしはもうこの世になんの未練もありません。島送りでもなんでも、お裁きを受ける覚悟はできました。親分、神妙にお縄を頂戴いたします」

芳斎は腕を組み、しばし思案する。

「再吟味となれば、わたしの千里眼の評判はがた落ちだ。植草の旦那の前で滔々《とうとう》と自慢気に語った謎解きが全部間違いだった。とんだへっぽこと世間に笑われるだろう。どうも格好がつかないねえ」

和太郎はうなずく。先生でもしくじることがあるんだなあ。

「それに佐助さん、おまえさんはだれも傷つけちゃいない。強《し》いて言えば、猫の三毛は気の毒だったが」

「可哀《かわい》そうなことをいたしました」

「親分、ここで佐助さんをお縄にすると、このあと、どうなるかな」

「はい、まずはもう一度大番屋へ送りまして、与力の旦那によるお取り調べとなりましょうな。掛かり合った者たちが呼び出されます。妻恋町の町役一同、裏のお熊婆さん、植草の旦那は当日のことをもう一度申し開くことになりましょう。先生と和太郎さんも呼び出されますよ。お旗本の桑山様は支配違いなので、目付の方に伝えられ、そっちはそっちでお取り調べになりましょうが、まあ、切腹は免れますまい」

「桑山様が成敗したのは十五年前の人殺しの盗人だ。これは褒められこそすれ、責められるべきではないと思うがな。それでも切腹か」

「ご直参が闇の金を借りて、借金取りを斬り殺したんですからね」

「うむ、目付の裁定はそんなところか」

「で、猫の血を使ってお上を欺いたので、佐助は罪人となり、伝馬町のお牢に入り、お奉行様のお裁きを待つことになります」

「お裁きはすぐに下されるのか」

「いいえ、吟味のたびに掛かり合いの者一同が今度はお白洲へ呼び出され、何度か繰り返した後、ひと月先かふた月先かにお裁きとなります。他にもいろいろつかえていれば、だいぶ先になるかもしれません」

「佐助さんはその間、ずっと牢の中か」

「罪人ですから、仕方ないですね」

「吟味が蒸し返されれば、わたしもお白洲へその都度呼び出され、間違った謎解きのこと、繰り返さなきゃならないんだな」

「そうなりましょう。それがご定法《じょうほう》というものです」

芳斎は義平と和太郎に持ちかけるように言う。

「親分、和太さん、どうだろう。掛かり合った大勢の者が何度も引き合いでお白洲へ呼び出されるのも気の毒だ。これ以上お上のお手をわずらわせるのはどうかと思う。そこで相談だが、ここはひとつ、われら三人で手っ取り早くお裁きをするというのはどうかな」

義平が首を傾げる。

「三人でお裁き、どういうことです」

「うん、わたしが吟味与力をやるから、親分、おまえさんが植草の旦那」

「あたしがですかい」

「それで、和太さん、おまえがお奉行様」

「ええっ」

和太郎は目を丸くする。

「お奉行様って、へえ、あたしがですかあ」

「親分、今、南町のお奉行様はどなただっけね」

「今月から、大目付より移られました遠山左衛門尉《とおやまさえもんのじょう》様です」

「遠山様といえば、以前、北のお奉行だったあの左衛門尉様か」

遠山左衛門尉の名は名判官として広く知られていた。かつて北町奉行を務めたが、御改革を強行する老中水野越前守と反《そ》りが合わず、大目付に異動していた。このほど越前守が辞職となったので、南町奉行に返り咲いたのだ。

「じゃあ、和太さんが遠山左衛門尉様だ。そこがお白洲。いいね。さ、親分、始めてくれ」

義平はもったいぶって佐助を引っ立てる真似。

「妻恋町の佐助、そこへ控えおろう」

行きがかりで佐助はそこへ控える。

「ははあ」

芳斎が和太郎に言う。

「お奉行様、これなる妻恋町の佐助、親の敵を討つべきところ、敵がすでに絶命しており、代わりに敵の飼い猫三毛を討ち取りました。お裁きはいかがでございましょう」

「うーん」

和太郎はうなる。

「妻恋町の佐助」

「ははあ」

「敵の代わりに飼い猫を討ちしは猫には災難ながら、亡き親を思う心がけ、天晴れである。よって」

高らかに言い放つ。

「お構いなし」

佐助は驚き、顔を上げる。

「お構いなしでございますか」

「敵の身代わりといえども、猫を殺害したるは哀れ。手厚く葬るがよい。こののちは丹波屋佐兵衛として、優しい心根をもって、困った人には手を差し延《の》べ、高い利は取らず、期限を過ぎたものにも寛容をもって接し、人々の役に立つ商いをいたせ」

平伏したままの佐助の目から大粒の涙が流れ落ちる。

「さあ、佐助さん」

芳斎が優しく声をかける。

「おまえさんは晴れて無罪放免だ。これからが本当のお祝いだよ。わたしもこんなうれしいことはない。ともに祝おう」

和太郎と義平も満面の笑みを浮かべている。

「芳斎先生、なんとお礼を申してよいやら」

「礼には及ばないよ。おまえさん、面白い謎解きを仕掛けてくれた。それで充分だ。さあ、親分、酒と料理をどんどん持ってくるよう、頼んでくれないか」

「承知しました」

「和太さん。見事だったよ。さすが名判官、遠山様だ。今日は心ゆくまでたっぷり飲もう」

「はい、これにて一件落着」

四

「和太っ、おまえ、いつまで寝てるつもりだよ」

「あ、もう朝か」

お寅が怖い顔で睨みつけている。

「なに寝惚けたこと言ってんだい。とっくにお天道様は傾いているよ」

「え、そんなに」

そういえば、ゆうべ柳橋の茜屋で、祝いだからとたらふく飲んだんだ。義平親分に名判官とおだてられて。われながら、うまいお裁きだったが。

「おまえ、酒が弱いくせに、どうしてそう、いつもいつも、べろべろになって、正体をなくすほど飲んじゃうんだろうねえ、まったく」

ああ、またやっちゃったよ。先生も親分も笊《ざる》だからなあ。付き合いきれないや。あ、胸がむかむかする。

「おえっ」

「そんなとこで吐くんじゃないっ」

朝飯を兼ねた昼飯をささっと済ませ、二階にのっそりと上がる。

「先生、おは、じゃないな。へへ、ゆうべはどうも、ごちそうになりまして」

芳斎は吸っていた煙管を煙草盆の灰落としにぽんと打ちつける。

「ああ、和太さん。ほんとにおまえさんは、懲《こ》りないお人だね。弱いんだから、あんなに飲むことはないと思うがなあ」

「へへ、最初はね。ちゃんと気をつけてるんです。今日はこれぐらいで止めておこうって。それが、うーん、その加減をちょっと過ぎると、なんかもう、どうでもよくなっちゃうというか、頭が回らなくなるというか、そっから先は覚えていなくて」

「ゆうべのことは、覚えていないのかい」

「いやあ、どうかなあ。佐助さんにお構いなし。そのあたりまではちゃんと覚えてるんですけどねえ」

「あんまりいい酒じゃないね。弱いくせに好きというのは」

「好きというほど好きでもないんですよ。普段はそんなに飲みたいとも思わないし。だけど、まあ、飲み始めると止まらなくなるんだなあ、これが」

「それを悪い酒というんだ」

「へへ、気をつけよう」

全然反省の色のない和太郎である。

「とはいえ、おまえさんのゆうべのお裁き、あれには感心した。まさに名判官だ」

和太郎は相好《そうごう》を崩す。

「いやあ、おだてないでくださいよう。図に乗りますから。いきなりお奉行様の役をやれってんだもん、先生、あたしがうっかり市中引き回しの上、打ち首獄門て言ったら、どうしました」

芳斎は澄ました顔で煙管に煙草を詰める。

「おまえさんとは半年の付き合いだが、人柄はよくわかっているつもりだ。初めて見たときは、なんだこいつはと思ったよ。へらへらと調子はいいが、だらしない。おっちょこちょいの女好き」

当たってるだけに、きついよ。和太郎は苦笑する。

「だが、おまえさんは決して人を傷つけない。このまえ、おまえの幼馴染の別嬪が言ってただろ。洟垂らして汚くてみんなにいじめられたとき、おまえだけがかばって遊んでくれたって。あの話を聞いて、わたしはうれしかった。和太さんは子供の頃からいいやつだったんだなあって」

「いやだな、先生」

和太郎はなんだか照れ臭い。

「少しぐらいへらへらしていようが、おまえのようなお人好しがお奉行様なら、世の中、みんながしあわせになれるんだが」

「先生、へらへらは余計だけど、あんまり買い被らないでください。ますます調子に乗りますよ」

「調子に乗ったのはわたしのほうだ。今度の一件では、間違った謎解きを植草の旦那の前でぺらぺら得意気にしゃべったからな」

「猿も木から落ちる」

「それを言うなら、弘法《こうぼう》も筆の誤りとか」

「河童《かっぱ》の川流れ」

「おいおい」

「でも、植草の旦那の前で先生が間違った謎解きをしたおかげで、佐助さんは無罪放免、お熊婆さんも罪にならず、本郷のお旗本も切腹やお家断絶にならず、丸く納まったんだから、怪我の功名、いいじゃないですか。死んだ三毛には気の毒だけど」

「和太さん、おまえはときどき、ふっと面白いことを言うんだ。それが謎解きのきっかけになる。そんなことが今までにたびたびあった」

「そうでしたっけ」

「今回もそうだ。放免された佐助が挨拶に来たとき、おまえさんが言ったよ。蔵で猫を飼わないのかと。あの一言がなければ、わたしはずっと間違ったまま得意になっていた。さらなる裏の謎が解けたのはおまえさんのおかげだよ」

「へへ、たまたまですけどね」

「そのたまたまが馬鹿にできない。今後わたしが慢心して、天狗になってぺらぺら謎解きを語るときは、和太さん、耳元でそっと丹波屋と囁いてくれ」

和太郎はぺこりとうなずく。

「よっ、丹波屋っ」

「そこまで大仰《おおぎょう》に言わなくていいが」

「ところで先生、ここ三日ばかり朝から夕暮れまでずっとお出かけでしたが、それはやっぱり、佐助さんのからくりを見破るためですか」

芳斎は笑う。

「ふっふ、それもある。が、本所の若様の一件で気になることがあってね」

「あ、なるほど」

和太郎は思わず手を打つ。

「そっちの探索でしたか。で、先生、なにを調べてたんです」

「竹丸様が物の怪に襲われたとおっしゃった深川の竹藪《たけやぶ》をじっくりと見たいと思ってね」

「じゃあ、先生、また深川へ」

「うん。ついでに黒江町の番屋と笹屋にも寄って」

「え、先生、笹屋に行ってらしたんですかあ。なんだあ。あたしもごいっしょしたかったなあ」

「お染という若さまの馴染み、若様が夢中になられるだけのことはある。なかなかの別嬪だった」

「先生、お染に会ったんですか」

「うん」

「じゃ、揚がったんですね」

「ふふふ、揚がらなければ、話はできない」

「うわあ、いいなあ」

先生、別嬪と昼遊びか。和太郎は羨ましさに身をよじる。

とんとんとんと卯吉が階段を上がってくる。

「お客様でございます」

「ほう、目利きかい。それとも」

「それが、越後月島藩御留守居役、田中三太夫様とおっしゃるお方が」

「おやおや、またお殿様ですよ。ご身分は知れてるのにねえ。わざわざそんな田中三太夫だなんて、嘘っぽい名前を使わなくてもいいのに。今度はなんの用だろう。卯吉、こちらへご案内を。粗相のないように」

「へーい」

階段を上がってきたのは山上淡路守にあらず、四十半ばの痩せた武士であった。

「拙者、越後月島藩、山上淡路守様の江戸留守居役、田中三太夫と申す。鷺沼芳斎先生に折り入ってお願いがござって」

ぽかんと口を開ける和太郎。嘘っぽい名前だと思ったが、本当にいたんだ。田中三太夫って江戸留守居役が。

第四章　お家騒動

一

「三田の本邸まで、ぜひともお越し願いたく」

田中三太夫は頭を下げる。

「なにか、起こりましたかな」

「実は」

三太夫はちらっと和太郎に目を向けるが、そのまま続ける。

「本邸におわすお世継《よつぎ》、松之丞君《ぎみ》がなにものかに襲われました」

「なにものかに。正体はわからぬのですか」

「若君の仰《おお》せでは、寝所に曲者《くせもの》が忍び込んだとのこと」

「それも、とてつもなく大きな猫であったと申されまして」

「大きな猫ですと」

「わが月島藩では国元はもとより、江戸の本邸、下屋敷とも猫は一匹たりともおりません。小さな猫さえおらぬのに、大きな猫がいずこより入り込み、若君を襲うたものやら」

芳斎は腕を組み、しばし思案する。

「本所の竹丸様が猫のような曲者に襲われたこと、田中様は御存じですか」

「はい、殿より承《うけたまわ》っております。その儀につきましては梅花堂の芳斎殿に任せてあり、このたびのこと、かかわりあるやもしれず。ゆえに殿の命《めい》により、拙者、お迎えにまかりこしました次第。どうか本邸までご足労《そくろう》願えませぬか」

「今すぐにですか」

「お差支えなければ、お願い申す」

芳斎は和太郎と顔を見合わす。

「先日、お殿様より直々《じきじき》に頼まれておりますので、うかがうことに異存はございません。これなる和太郎はわたしの片腕、謎解きには欠かせませぬ。お屋敷まで同行することお許し願えますか」

三太夫は勿体《もったい》ぶってうなずく。

「殿のお許しがあるのなら、かまわぬであろう」

「ははあ」

和太郎はありがたく頭を下げた。


湯島から三田はけっこうな道のりである。下谷の御成道に出て大通りを南へまっすぐ、神田川を渡り、日本橋を渡り、京橋《きょうばし》を渡る。湯島で生まれ育った和太郎は遊ぶのは下谷か浅草で、色気づいてからはもっぱら吉原、日本橋界隈から南には滅多に足を運ぶことはなかった。

汐留川《しおどめがわ》を渡ると、そこから先が芝で、増上寺《ぞうじょうじ》を右に見てさらに進み、金杉橋《かなすぎばし》に至る。

このままずんずん行くと高輪《たかなわ》、そして東海道は品川の宿場である。話の種に一度は品川で遊んでみたい。そんな不埒《ふらち》な考えが頭に浮かぶ和太郎であった。

小者を従えた田中三太夫が金杉橋を渡ったところで西に折れる。湯島からここまで、ほとんどしゃべらず黙々と歩き続ける三太夫に芳斎が尋ねた。

「田中様、このあたり、一月の火事で大変でしたろう」

「うむ、町場はかなり焼失したようだが、わが屋敷は無事であった」

青山《あおやま》あたりから出た火が強い風にあおられて芝一帯まで燃え広がったそうだが、町人が住む安普請《やすぶしん》の長屋など、ひとたまりもなかっただろう。が、ふた月ほどで焼け跡はきれいに片づき、新しい家々が並んでいる。安普請だけにすぐにまた建て直す。そこが江戸っ子のたくましさだと和太郎はあたりを見回し納得する。

やがて武家屋敷の長い塀《へい》ばかりが続き、町人の住む町は姿を消す。

うわあ、すごいねえ。滅多に踏み込まない山手《やまのて》の広大さに和太郎は感心するやら、呆れるやら。思えば、江戸の大半は武家地なのだ。将軍様のおわすお城、大名屋敷、旗本屋敷、御家人屋敷、そして寺社地。それが江戸のほとんどを占めている。花のお江戸の江戸っ子と威張ってみても、町人が住む町場はほんのごくわずか。

「さ、ここでござる」

立派な門の前で田中三太夫が立ち止まった。

芳斎と和太郎は控えの間でしばし待たされる。

「いやあ、驚きましたね。門番の顔のおっかないこと」

「うん、あれぐらい怖くないと、変なのが勝手に入ってきても困るからね」

「でしょうけど、さすがに上屋敷、お侍の数がまた大勢で、すごいなあ」

「いろんなお役目の方々が働いておられるのだろう。お殿様が参勤交代で国元から連れてくる家臣の数も馬鹿にならないからな。変な動きをすれば、囲まれてすぐに討ち取られるから気をつけるがいい」

「うわあ、脅かさないでくださいよう」

田中三太夫がぬっと顔を出す。

「ご案内つかまつる。これへ」

三太夫の先導で、芳斎と和太郎は長い廊下をあっちへこっちへと進む。途中、すれ違う武士たちが、胡散臭《うさんくさ》そうな視線をふたりに投げかける。そのたびにこわばり身を縮める和太郎であった。ああ、なんだか場違いなところへ来ちゃったよう。

「これにて、しばしお待ちなされよ」

長い廊下をさんざん歩いたあと、とある座敷の前の廊下で待たされる。

「田中三太夫、参上いたしました」

「入れ」

中から声がかかり、三太夫は襖《ふすま》を開けて座敷に入り、やがて廊下の芳斎に告げる。

「芳斎殿、中で若君とご家老がお待ちじゃ。参られよ」

「承知いたしました」

進み出る芳斎に続いて立ち上がろうとした和太郎を三太夫がたしなめる。

「梅花堂、そのほうはそれに控えおれ」

あ、俺は入っちゃいけないのか。

芳斎は和太郎を見て、うなずく。これより先は下々の町人はお目通りかなわず、入るべからず。

「和太さん、しばし、待っていてくれ」

目の前でさっと襖が閉じられ、肩をすくめる和太郎。

座敷の入口で芳斎は深々と平伏し、三太夫が恭《うやうや》しく報告する。

「鷺沼芳斎、御前《ごぜん》に参上つかまつりました」

遠く上座には世継《よつぎ》の松之丞が座り、その下手《しもて》脇にいる温厚そうな年配の武士が声をかける。

「芳斎、大儀である。これにおわすは当家お世継、松之丞君じゃ」

「ははあ」

「拙者は江戸家老、堀田帯刀《ほったたてわき》と申す。近う参れ」

「ははあ」

芳斎は平伏したまま御前に進み出る。

「鷺沼芳斎にございます」

松之丞は珍しそうに芳斎を見つめる。

「そのほうが巷《ちまた》で噂の芳斎か。わしが松之丞じゃ」

か細い声である。

「苦しゅうない。面《おもて》を上げよ」

「ははあ」

芳斎はわずかに顔を上げる。

病弱とは聞いていたが、松之丞は小柄で痩せており、小づくりで貧相な顔。なるほど、壮健で利発、背が高くて美男の竹丸とは大違い。豪傑肌の淡路守がなかなか家督を譲らないのもわからぬではない。

脇で松之丞を見守るようにして寄り添う江戸家老の堀田帯刀は五十半ば、中肉中背でわずかに太り気味。この一件に心を痛めているように見受けられた。

「松之丞君が昨夜、曲者に襲われなされた。そのほうの目利きの手腕、殿がたいそうお気に召されたご様子で、本所での竹丸君の遇われた怪異の謎解き、依頼なされたと聞き及ぶ。このたびのことも、かかわりあると思し召され、今日、そのほうを召し出した次第。そのほうの問いには詳《つまび》らかに答えるようにとの直々の仰せである。なんなりとお尋ねするがよい」

「ははあ」

芳斎は顔を上げ、姿勢を整《ととの》える。

「では、松之丞様にうかがいます」

「うむ」

「昨夜の曲者、大きな猫とのことでございますが、どのように襲うてきましたのか」

松之丞は小首を傾げる。

「わしは眠りが浅うてのう。なかなか寝つかれぬ。それで毎夜、寝間で横になりながら本を読むのじゃ」

「ほう。どのようなものをお読みですか」

「就寝前に四書五経《ししょごきょう》など読む気がせぬ。かと申して面白過ぎると、ますます目が冴え眠れなくなる。まず適度に軽い戯作《げさく》などがよい」

「戯作でございますか」

「うむ、下々《しもじも》の思いを表したものが、わしの好みじゃ」

「昨夜はなにをお読みで」

松之丞は帯刀や三太夫のほうを決まり悪そうに見る。

「ここだけの話じゃぞ。種彦《たねひこ》の田舎源氏《いなかげんじ》を読んでおった」

「おお、あれはたしかに面白うございます」

「しばらくして、うとうとし、そのまま眠りに落ちた。と、なにやら胸が苦しゅうなって、目を開けると、わしの上に大きな猫が被《かぶ》さっておった」

「猫でございますか」

「からだは人の大きさほどもあったが、顔は口が大きく裂け、牙《きば》を剝いた猫そのもの。あれほど大きな猫はあるまいが」

「どうなされました」

「枕元の懐剣をとっさに突き出し、曲者じゃと叫んだ。猫めはさっとかわしおったが、肩のあたりをかすったとみえて、血を垂らしおった。そこへ宿直《とのい》の者どもが寝所《しんじょ》へ飛び込んだので、猫めは天井へ跳び上がり、天井裏から逃げ去ったようじゃ」

「では、天井から忍び込んだのでしょうか」

「羽目板が外れておったので、そうであろう」

「宿直の方々はその猫をご覧になっているのですね」

「うむ、驚いておったぞ。あれほどの大きな猫はそうはおらぬ。が猫のようでもあり、人のようでもあり」

「人のようなとは」

「そうじゃ、まるで女子《おなご》のようにしなやかなからだをしておった」

「ほう」

芳斎はなにかを思い出すようにうなずく。

「ご家老、後ほど、その宿直の方々に話をうかがいたいのですが」

「三太夫」

「ははあ」

「あとで宿直の者に引き合わせるよう」

「かしこまりました」

「失礼ながら、ご当家に伝わる猫の話を淡路守様よりうかがっております。松之丞様はご当家の猫の祟《たた》りをいかが思し召されますか」

「山上家では男子が元服の折、代々伝えられるのが習わしじゃ。が、家中の者ども、みなに知れわたっておる。わしも竹丸も元服前、父上から聞く以前にその話、すでに知っておったぞ」

「松之丞様は猫の怪異を恐れたりはなさらぬのですか」

「ふふ、幼い頃より竹丸は猫を怖がり、わしが猫の真似をするだけで、泣き叫び逃げ回りおった。このたびも大きな猫を見ただけで気を失ったよし。とんだ臆病者よ。猫が家代々に祟る話など、わしはたわいない戯言《ざれごと》と思うぞ。わが山上家だけとは限らぬ。有馬《ありま》殿や鍋島《なべしま》殿にも同様の噂が伝えられていること、世間の知るところ。芝居にさえなっておるそうじゃな」

「よくご存じで。では昨夜の曲者はなんと思われます」

「猫のようでもあり、人のようでもあり、女子のようでもあり。懐剣に突かれて、うっと呻《うめ》きおったので、あやかしではなかろう。何者かが化け猫に化けておったのじゃ」

「松之丞様は武道が苦手《にがて》と聞いておりましたが」

「これっ、無礼であるぞ」

横から帯刀が咎《とが》める。

「よい、なんでも答えよと父上から言われておる」

松之丞は芳斎に向かってうなずく。

「見るからに虚弱、力も弱い。それゆえ幼少より木剣を打ち合う剣術がどうも性に合わぬ。が、泰平の世とはいえ、武士は己の身は己で護るべきと思うて、懐剣術をいささか習い覚えておる」

「さようでございましたか。ご立派なお心がけ、感服いたしました」

「いやいや、たいしたことはない。ほんの真似事。が、曲者を追い払うことができ、少しは役に立ったかのう」

松之丞は自慢げに微笑《ほほえ》む。

「いまひとつ、お尋ね申します」

「うむ」

「ご家中で、弟君竹丸様を次のご当主に推す動きがあるとのこと、ご存じですか」

松之丞は帯刀と顔を見合わせ、三太夫は居心地悪そうに顔を伏せる。

「耳に入っておる」

松之丞は苦々《にがにが》しく言い放つ。

帯刀が顔をしかめながら、芳斎に言う。

「由々《ゆゆ》しきことでござる。昨年、ご正室の奥方様が亡くなられた。松之丞君のご生母様は十年前にお若くしてご逝去なされているので、今、当家の奥ではお梅《うめ》の方様のお力が増しておる」

「お梅の方様と申されるは」

「竹丸君のご生母様じゃ」

「つまり、竹丸様を次のご主君にという動き、そのお梅の方様から出ていると」

「まだ四十路をいくつか過ぎたばかりで、殿のご寵愛も独り占めなされているよし。来年、松之丞君はご縁組みが決まっておられる。そうなると、お梅の方様のお立場も変わろう。殿がなかなかご隠居なさらぬのも、竹丸君に養子縁組が決まらぬのも、そのあたりを慮《おもんぱか》ってのこと」

「が、来年になれば、いよいよお世継の松之丞様がご主君になられるのですな」

「すんなり事が運べばそうなろう。上様に拝謁なされ、以後十年以上もお世継のまま、われら家臣一同、松之丞君のご相続、心より待ちかねておるのじゃが」

「では、ここにきて急に浮上したのですな。竹丸様を推す動きは」

「おそらく、来年には松之丞君のご相続が決定となる。それを邪魔立てすべく、お梅の方様と竹丸君付きの黒須十兵衛が策しておるようじゃ」

「黒須殿が」

「竹丸君がご主君となれば、あの者は重臣として重用されるは必定《ひつじょう》。実はお梅の方様は商家のお生まれ。お旗本のご養女となり、奥に入られた。黒須も町人の出、殿に取り入り仕官が叶うたと聞き及ぶ。されば、もと町人同士、お互い気心《きごころ》が知れておるのではなかろうか」

「昨夜の襲撃、ご当家への猫の祟りと見せかけて、松之丞様を狙ったとすれば、お梅の方様の手のものでしょうかな」

「これ、芳斎。拙者はそこまでは断言しておらぬぞ。このようなこと、外に洩れてはぬ。当家の一大事じゃ。若君ご寝所に忍び入ったは、大名屋敷ばかりを狙う盗賊やもしれぬ。屋敷に猫がおらぬゆえ、天井裏で鼠《ねずみ》が暴れおる。鼠小僧とやらは捕縛され仕置きにあったそうじゃが、似たような鼠かもしれぬ。が、いずれにせよ、今宵から宿直の人数、増やさねばならぬ。三太夫、手配いたせ」

「ははあ、心得ました」

「芳斎よ」

曲者に襲われたにしては、松之丞は案外落ち着いている。

「ひとつそのほうの千里眼で、猫か鼠か、あるいは女子か。その正体、あぶりだしてくれぬか」

「ははあ」

芳斎は深々とひれ伏した。

本邸からの帰り道、芳斎は考え込んでいる。

「すごいですねえ。お大名の上屋敷。こないだ、下屋敷で驚いたけど、そんなもんじゃありません」

「うん」

「門の前がこう広い空き地になっているのは、あそこにお供やなんかが主人を待つんでしょうね」

「うん、駕籠《かご》を止めたりするのだろう」

「あの門の前の広場だけで、うちの梅花堂がすっぽり入りますよ」

「そこまで広くはないよ」

「あたしのような町人の身分で門の内側、そればかりか控えの間、長い廊下まで歩けただけで、すごいですよ、もう」

和太郎はまだ気分が冷めやらぬ様子である。

「そうかい」

「そうですよ。廊下を歩いてたら、すれ違うご家来衆がみんなじろじろあたしのこと見るんです。あやしい町人、狼藉者、そこへなおれ、成敗いたすなんて、斬られたらどうしようかと心配しました」

「いくらなんでも、そんなことにはならないよ。お殿様のお許しで中に入れてもらったんだから」

「ですけどねえ。やはりお世継様となると、下々のあたしが直にお目にかかることはできないんだ。控えおろうって。すぐ襖が閉まって、中の様子も全然見えなかったなあ。そこへいくと、下屋敷の若様は気さくでしたけど」

「お大名の本邸ともなると、いろいろ作法がうるさいようだな」

「廊下でじっと座って待ってるときにね、ちょっと足を崩そうと思ったんです。胡坐《あぐら》をかこうと思ったら、知らないうちにすぐ横に怖い顔のお侍が座ってこっちを見てるんですよ。音も立てずに来てたんだなあ。あたしを見張ってるんだな、変なことしないように。そう思うとあたし、胡坐もかけずに足がしびれて、立ち上がるとき、後ろにひっくり返っちゃった」

「いやあ、すまないね。片腕といいながら、お屋敷まで引っ張り出して、廊下で待たせてしまった」

「それはいいんですけど。で、お世継の若様ってのは、どんなお方でした」

「うん、それがね。お殿様が先日おっしゃったのと、ちょっと違うんだ。ご病弱で武術を嫌い、座敷に引きこもって本ばかり読んでいる。はきはきしなくて、利発とも思えない」

「うらなりの青瓢簞《あおびょうたん》みたいなお方」

「たしかに見た目はそうなんだ。小柄で痩せて、失礼ながら、お顔もぱっとしない。が、わたしが思うに、松之丞様はなかなか鋭いところがおありだ」

「そうなんですか」

「声はか細く弱々しいが、懐剣術の心得がおありで、曲者を一瞬に突き刺されたそうだ」

「へえぇ」

「それにお話しぶりも決して愚かには思えない。お殿様はどうも、このご長男を見くびっておられるのではなかろうか」

「人は見かけによらないって言いますからねえ」

芳斎はうなずく。

「和太さん、今回の化け猫の一件、どうも奥が深いようだな」

「やっぱりいるんですかねえ、化け猫が」

「いる」

きっぱり化け猫がいると言いきる芳斎に和太郎は驚く。

「えっ」

「ほんとにいるんですか」

「それも人の心の中に」

「はあ」

和太郎は首をひねる。先生、また、わけのわからないこと言ってるよ。

「心の中って、それはいったい」

「山上のお家には代々猫が祟って男子が早死にするという言い伝えがある。淡路守様はご三男であったが、兄上様が次々と亡くなり、家督を相続された。淡路守様ご自身にはお子様がふたり。そろそろ家督を譲らねばならず、長男にするか次男にするか、迷っておられる。豪傑肌に見えて煮えきらない」

「人は見かけによりませんね」

芳斎は笑う。

「はっは、和太さん、おまえ、ときどき、ほんとに面白いこと言うね」

「そうですか」

「そうだよ。あのお殿様、堂々としていかついお顔だが、案外女々《めめ》しいところがあるようだ。きっぱりとご長男に決めればいいのに、ご次男ご生母のお梅の方様がいろいろと吹き込むのだろう。ご病弱とはいえ、寝たきりの病人でもないご長男を差し置いて、次男に跡を継がせれば、藩が二つに割れてお家騒動ともなりかねない。ずるずる迷っているうちに、今回の猫化け騒動だ」

「つまり、こうですか。お家に代々伝わる猫の祟りをうまく使って、だれかが化け猫を仕組み、ご兄弟それぞれを襲ったと」

芳斎は一瞬、立ち止まる。

「和太さん」

「はいっ」

「おまえさん、今日は馬鹿に冴えてやしないかい」

「へへ、昨日の茜屋の二日酔いの酒がまだ残ってるんですが、へえ、そうかな」

芳斎は再び歩き出す。

「酒はほどほどに。ところで、血を分けた兄弟の仲ってのは、なかなか厄介なもんだねえ」

「さあ、あたしはひとりっ子ですから、なんとも」

「昨日の佐助の話、兄が畑を売り飛ばして江戸に出た。弟は兄を頼ったが百文しかもらえなかった」

「質屋で金貸しの甚兵衛ってのは、相当の強欲ですよね」

「ひどい話だし、やり口も汚い。だが、土地や家は本来、兄貴が相続するものだと言われれば、そう強く文句は言えない。身代を継ぐ商人、家督相続する武士、たいていは惣領《そうりょう》息子と決まっている。お大名でも殿様になるのは兄貴で、弟は養子に行くか、部屋住みの冷飯食いに甘んじるかだ」

「お大名の冷飯食いなら、あたしは御の字だと思いますよ。お役目もなく、好きなことだけして日を送り、ときどき深川だもんなあ」

本所の竹丸を羨ましく思う和太郎である。

「竹丸様のご境遇、われわれから見れば、羨ましい限りだし、ご本人も大名なんぞになりたくないとおっしゃっている。わからないではない。が、人にはだれしも妬《ねた》み心というものがある」

「妬み心ねえ」

「同じ兄弟に生まれて、兄だけが優遇されると、弟は面白くない。逆に親が弟だけ可愛がると、兄は弟を憎む」

「ふうん」

「越後月島藩三万石、ご当主ともなれば、お大名家からお美しいお姫様がお輿入《こしい》れなさる。屋敷の奥にはその他ご側室が何人もはべることになる。毎日、きれいな腰元になにからなにまで世話してもらって、大勢の家来にかしずかれる。一年ごとに国元へ行けば、お城でまた大勢の家来、お城の奥には国元のご側室《そくしつ》が待っている」

和太郎はごくりと唾を呑み込む。

「お殿様ってのはたいしたもんなんですねえ」

「一方、弟は下屋敷にくすぶって、嫁も貰えないから、ごくたまに下々の岡場所で遊ぶしかない。これだって、表沙汰になればどんなお咎めを受けるかしれない。町人に身をやつして、こそこそだ。今はまだお父上がお殿様なので、それなりに、ちやほやする家来もいるが、兄上がお殿様になり、その兄上にお子が生まれたら、もう、だれもちやほやなんかしない。ただの厄介者《やっかいもの》だ」

「なんか、差がありすぎるなあ」

「竹丸様のご心中はわからないが、ぜひ次の殿様にと持ち上げられれば、心を動かさぬでもなかろう」

「うーん、毎日毎晩、奥方様やご側室や腰元衆に囲まれて暮らすのと、たまに岡場所に行くだけじゃ、殿様のほうがいいに決まってますよ」

「お父上の淡路守様が、さっさと松之丞様に家督を譲って隠居すればいいのに、どうやらご長男よりも次男が可愛いご様子」

「依怙贔屓《えこひいき》はいけないねえ。兄貴が弟を憎むようになります」

「そんな中で起きたのが、今回の猫化け騒動だよ。先日、深川で竹丸様を襲った曲者、顔は口が裂けて牙を剝いた猫だが、からだは人、それもしなやかな女のようだったという。昨日、三田のお屋敷で松之丞様を狙った曲者もどうやら同じらしい」

「おんなじ化け猫がおふたりを襲ったというわけですか」

「ご長男、ご次男、ともに化け猫に襲われ命を落とせば、これはほんとの猫の祟りかもしれないが」

「ところが、どっこい。どっちも危ないところ、なんとか無事だったんですね」

「そこなんだよ。どちらも、殺そうと思えば殺せたはずだ。竹丸様は竹藪《たけやぶ》で気を失われた。そこを突くなり刺すなり絞め殺すなり、できなくはない」

「はあ」

「また、松之丞様にしたって、寝所でうとうとしているときに覆いかぶさってきたとおっしゃるが、やはり寝ているところを突くなり刺すなり」

「脅かすだけで、殺す気がなかったのかなあ」

「松之丞様にしてみれば、お父上のお殿様が弟の竹丸様を可愛がり、なかなか自分に家督を譲ってくれない。そうこうするうちに、竹丸様ご生母のお梅の方様が自分の子を当主にと望んで動き始めた。ここは邪魔な弟を取り除きたい」

「はあ、それで猫の曲者を送ったと」

「竹丸様にしてみれば、お父上とご生母様に可愛がられて、ここはひとつ兄さえいなければ、自分が当主になれると思い込む」

「それで猫の刺客を送る。あれっ、でも、それじゃあ、どっちもどっちですね。第一、猫はどっちの味方なんですか」

「そこで、ひとつ考えられるのは、どちらかの言い分が嘘かもしれないということだ」

「どういうことになります」

「竹丸様は深川で襲われる振りをしただけで、襲われてはおらず、次に猫の刺客を三田のお屋敷に送り込む。逆の場合は、松之丞様は深川に猫の刺客を送ったが、果たせず、わたしが乗り出したので、今度は宿直の武士と示しあわせて、ご自分も襲われたと思わせる」

　ああ、なんだか頭がこんぐらかってきた。

「どっちが嘘をついているって、いったいどっちなんですか」

「さあて、どっちかな。たぶん、猫の曲者はまた動き出すだろう。そして、今度は必ず獲物を仕留める。松之丞様か、竹丸様か。どちらかが命を落とせば、生き残ったほうが下手人《げしゅにん》ということになる」

「へええ、だけど、どっちも嘘じゃないとしたら」

「そのときは、下手人は本物の化け猫だ」

「え、やっぱりいるんですか」

「前にも言っただろ。ありえないことを取り除けば、残ったことがどんなにありえなさそうでも、それが本当のことだと」

二

うわあんと大きなあくびが出た。道具屋ってのは、ほんとに閑《ひま》なんだよなあ、と和太郎は思う。

客は頻繁に来ないし、たまに来るのは薄汚れた軸なんぞを熱心に物色する隠居とか、家宝と称する皿や茶碗を持参する横柄な武家とか、そんなのばかり。間違っても若いきれいな町娘がきゃあきゃあ連れ立って暖簾をくぐることはない。あくびが出ても仕方ないのだ。

「いらっしゃいまし」

卯吉の声ではっとして顔を上げる。

「梅花堂さん、お邪魔しますよ」

ぬっと入ってきたのはがっしりした体格、いかつい顔に柔らかい物腰の武士、黒須十兵衛であった。

「あ、これは、黒須様」

「先生はおいでですかな」

「はい」

「それならば、少しご相談したいことが」

「わかりました。卯吉、先生に黒須様がいらしたと」

「へーい」

卯吉が二階へ知らせに上がる。

「おっかさん、ちょいと帳場を頼みますよ」

「わかったよ」

和太郎が十兵衛を案内して二階へ上がると、芳斎はぼんやりしながら煙草《たばこ》を吹かしていた。

「いかがですかな、芳斎先生。もつれた糸は解けましたか」

「それがなかなか難しいところでして」

芳斎先生も今度ばかりは行き詰まっているな、と和太郎は思う。

「さようですか。実は、少々困ったことが起こりましてね」

「ほう、なにかございましたか」

十兵衛は顔をしかめたまま、うなずく。

「竹丸様が急に深川へ行きたいと申されまして」

「ええっ」

思わず声が出る和太郎である。ほんとかよう。命が危ないってのに、若様もけっこう好きなんだなあ。

「実は深川の女子から相模屋に若様宛ての文が届きまして。弟がうっかり屋敷に届けてまいり、若様の目に留まった次第です。寂しいから会いに来てほしいというような岡場所の女が馴染み客に送るたわいない文ではありますが、若様はそれを読むなり、居ても立ってもおられぬご様子」

　和太郎は内心うなずく。その気持ちならよくわかる。俺だって、女から文を貰ったら、うれしくて、会いたくなるだろう。

「先日、先生から深川には決して行かないよう釘を刺されておりますのに、どうすればよろしいでしょう」

「なるほど、それはお困りですな」

　芳斎は煙管《きせる》を煙草入れの灰落としにぽんと打ちつける。

「ならば、ここはひとつ、若様のお望み通り、深川へ行かせてさしあげるというのはいかがかな」

　十兵衛は驚く。

「なんと申されます。若様を深川へ」

「さよう」

「ですが、それでは若様の身に」

　芳斎は煙管に煙草を詰め、火をつける。

「ふうっ。実は昨日、三田のご本邸よりお呼び出しを受け、参ったばかり。十兵衛殿には昨日の一件、まだお耳に入っておりませんか」

　十兵衛は眉をひそめる。

「いや、三田のほうにはしばらく行っておりませんので」

「ご本邸のお世継様が曲者に遇《あ》われました」

「おおっ。それはまた、いったい」

「夜も更けてから、お世継様の寝所になにものかが忍び込んだとのこと。それがどうやら深川で竹丸様を襲った猫のような人のような怪異と似ております」

「お世継様にはご無事で」

「はい、とっさに叫ばれまして、すぐに宿直の方々が駆けつけ、曲者は逃げ去ったとか。お世継様には大事《だいじ》ございませんでした」

「それはなにより」

「敵が何者か、わかりませんが、深川で竹丸様を襲い、三田でお世継様を襲う。しかも猫の扮装にて若君おふたりをつけ狙うとは、どうやらお家の猫にまつわる祟りにかこつけて、悪事を企《たくら》んでおるようです」

「芳斎先生、そこまでことが迫っているのなら、竹丸様を深川へなどと、もってのほかではありませんか」

「ご本邸にまで化け猫が出たということは、敵も焦っている様子。ひとつ向こうの手に乗ってみるのも如何《いかが》かと思います」

「よくわかりませんなあ」

　十兵衛は首を傾げる。

「敵の正体はまだ謎ですが、相当に大きな力を持っています」

「と申しますと」

「今回、三田のお世継様が襲われた。ならば、先日、深川で竹丸様が襲われたのも、たまたま行きずりではなく、竹丸様と知った上でのことと思われます」

「うむ、たしかに」

「岡場所から出てきた町人姿を竹丸様と見極めた。とすれば、若様の岡場所通いも、笹屋の馴染みということも、菊川町の相模屋さんで着替えていることも、ことごとく知られているのではないか。つまり、下屋敷、相模屋、笹屋、これらのどこかしらに敵の間者《かんじゃ》が潜《ひそ》んでいてもおかしくありません」

「うむ」

「若様の深川通いは五年ほど前からでしたね。黒江町に移ってからの笹屋へも頻繁に通っておられる。世間をごまかすために町人姿に身をやつしても、敵には筒抜けなのですよ」

「うーん」

「どうでしょう。それを逆手《さかて》にとるというのも手ではありますまいか。竹丸様が深川の岡場所へ行かれることを察知すれば、必ずや、また襲ってきます」

「それはあまりに無謀だ。竹丸様のお命が危ない」

「それを護るのが、十兵衛殿のお役目です。襲ってきた化け猫の尻尾《しっぽ》をつかみさえすれば、敵の正体は自ずとわかります」

「しかし、いったい、どうするのですか」

「明日、若様に深川へ行っていただきましょう」

「明日ですか」

「若様は急《せ》いておられるようだ。いつも通りに相模屋でお着替えいただき、駕籠《かご》を呼び、深川黒江町の笹屋まで。そのとき、十兵衛殿は町人ではなく浪人姿がいい。常に駕籠脇について、目を光らせてください」

「うむ」

「黒江町に着いて、笹屋に揚がったら、若様が遊んでおられる間、警護を怠らぬよう。笹屋には前後して、この和太さんを揚がらせ、それとなく若様を見守るようにします」

「えっ、先生、ほんとですか」

和太郎は喜ぶ。

「あたしが笹屋に揚がるって」

「うん、遊ぶ振りをして若様に気をつけてくれ」

「遊ぶ振りって、振りだけ。若様が遊んでらっしゃるのに」

「あたりまえだよ」

「まあ、いいか。揚がれるだけでも」

和太郎は笑みを浮かべる。

「本所から深川までの行き帰り、あるいは笹屋において、敵はいつ、どこで襲ってくるか知れません。化け猫が現れれば、それを捕らえ、敵の正体を吐かせる」

「そう、うまくいきましょうかなあ」

「うまくいかなければ、そのときはそのときです。わたしと和太さんは、明日の夕暮れ前に相模屋さんにうかがいますので、そこで落ち合いましょう」

「相模屋の場所は御存じですか」

「はい、先日、あのあたりを歩きまわりましたので。なかなか立派な酒屋さんですね」

和太郎はうれしくて、深川のことをあれこれ思い浮かべると、なかなか寝つかれず朝寝坊してしまった。

「和太っ、いつまで寝てるんだよ」

お寅に怒鳴られても平気だった。なにしろ、今日は岡場所に揚がるんだ。先生は遊ぶ振りだけって言ったけど、少しぐらいなら遊んでもかまわないんじゃないか。

「あれ、おっかさん。先生は」

「とっくにお出かけだよ」

「ええっ、今日は先生といっしょに深川、あ、本所のほうへ出かけることになってるんだがなあ」

「昼過ぎには戻るっておっしゃってたから」

「なら、いいけど」

「おまえ、遊ぶことばっかり考えてないで、ちっとは商売に身を入れなきゃだめじゃないか」

「わかってるよう」

と言いながらも、ずっとそわそわして過ごす和太郎であった。

七つの鐘が鳴った頃、ようやく芳斎が戻ってきた。羽織袴《はかま》に二本差している。

「和太さん、準備はいいかな」

「はいっ」

「では、出かけるとしよう」

本所までの道すがら、和太郎の足取りは軽かった。

「和太さん、やけに今日はうれしそうじゃないか」

「わかりますか」

「うん、おまえさんはわかりやすい」

「へへ、でも、先生。化け猫は出ますかねえ」

「行きか帰りか、寂しい道でぱっと襲ってくるのではなかろうか。駕籠にはつかず離れず、そっと見守ろう」

「もしも、深川に行く途中で襲ってきたら、そのときは、深川には」

「そのときは、もう行かなくて済む」

「はあ」

和太郎は拍子抜けする。

「行かないんですか」

「今度の深川行きは化け猫を捕らえる方便だからな」

うーん、それじゃ、化け猫には深川の帰りに襲ってほしいや。と和太郎は不埒《ふらち》なことを考える。

菊川町の相模屋は老舗《しにせ》の大きな店で、店先には酒樽《さかだる》、菰樽《こも》、角樽《つの》、徳利《とっくり》などが並び、奉公人が忙しそうに働いている。

芳斎が来意を告げると、温厚そうな主人が現れ、頭を下げた。

「お待ちしておりました。奥へどうぞ」

芳斎と和太郎は座敷の入口に平伏する。

「ただいま、参上いたしました」

竹丸はすでに大店の若旦那風に着替え終えて、うれしそうににやにやしている。着流しの浪人風に身をやつした十兵衛が竹丸の横に控えて、芳斎と和太郎を迎え入れた。

「芳斎殿、今日はよろしく頼みますよ」

「はい。黒須殿、浪人姿もなかなかお似合いですな」

「ふふ、化け猫めを一刀のもとに斬り捨てます」

さすが熊を一突きにした剣客はすごい。と和太郎は感心する。

「いや、化け猫はなるべく生け捕りになさってください。敵の正体を暴く大事な生き証人ですから」

「わかりました。が、若様のお身の上が一番なので」

「芳斎、猫は出るであろうかのう」

竹丸は猫嫌いで、小さな猫でも跳びあがる。大猫なら気を失うだろう。

「ご安心なさいませ。おそらく化け猫は猫ではなく、人が猫に化けたものでありましょう」

「十兵衛、きっと退治いたせ」

「お任せください」

竹丸は一同を見回す。

「猫を退治したそのときは、みなで笹屋に揚がって、大盤振る舞いじゃ」

「うわあい、待ってましたあ」

あまりのうれしさに和太郎、思わず大声が出た。

「梅花堂、控えよ。若様の御前なるぞ」

十兵衛が和太郎を睨む。

「ははあ、お許しくださいませ」

町人の格好してらっしゃるから、つい御前ということを忘れてしまった。和太郎は畳に額をこすりつける。

竹丸を乗せた駕籠は菊川町の相模屋を出発し、夜道を川沿いに進む。駕籠脇に十兵衛が付き従い、少し離れた位置から芳斎と和太郎が続く。

「化け猫は出ましょうかねえ」

「出るだろうな」

「どうせなら、明日の帰り道で出てほしいと思ってましたが、さっき、若様が猫を退治したら、みんなで笹屋に揚がって、大盤振る舞いとおっしゃいましたよね」

「うん」

「それなら、途中で襲われたほうがいいかもしれない」

「だけど、和太さん。猫の正体はまだわかっていないんだ」

「人が化け猫に化けてるんでしょう」

「そうは思うがね。はっきりしたことはわからない。ひょっとして、ほんものの化け猫かもしれない」

「先生、また、そんなこと言って、あたしを脅かそうったって駄目ですよ」

「化け猫ではないにしても、この前、ちょっと言っただろ。大きな猫といえば、虎か豹、そういう獣を使って、人を襲うことだってないとはいえない」

「え、そんな」

「そういうのが出てきたら、相手かまわずに襲ってくるから、和太さんも食われないよう気をつけるがいい」

「うへえ」

駕籠は小名木川《おなきがわ》を渡り、武家屋敷の続く道に曲がる。

「あ、だんだん寂しくなってきましたねえ」

「うん、ここらあたりはちょっと危ないかな」

和太郎は怖々あたりを見回す。

「いやだなあ。でも、熊退治の十兵衛様がついてるんだから、滅多なことはないと思いますけどねえ」

やがて駕籠は深川の町場に入り、永代寺門前から黒江町へ至る。通りには紅灯《こうとう》がゆらめき、遊客《ゆうきゃく》があっちこっちとうろうろしている。

「ふふふ、やっと着きましたね。ここまで来れば安心だ。人もいっぱい歩いているし、あとは笹屋に揚がるだけです」

駕籠が止まり、中から竹丸が現れる。十兵衛が寄り添い、笹屋に向かう。

ミャーゴー。

「なんじゃ」

竹藪の前に差しかかったふたりは足を止める。

ミャーゴー。

それは猫の鳴き声であった。藪の中で光るふたつの目。そこに五尺はあろうという大きな猫が竹丸をじっと睨んでいた。

「うっ」

猫と目が合い、あまりの恐怖に金縛りにあった竹丸は胸を押さえ、その場に崩れる。

「若様っ」

十兵衛は倒れた竹丸の半身を抱き起す。

フゥー。獰猛《どうもう》な鼻息を鳴らしながら、竹藪の中から大猫が身を躍らせ飛び出した。

「うわあ」

通行人たちが驚き叫ぶ。

牙を剝き竹丸に飛びかからんとする大猫。

「おのれ、化け物」

さっと剣を抜く十兵衛。

「十兵衛殿、生け捕りに」

後ろから追いついた芳斎が叫ぶのと同時に、閃光がきらめく。

「ぎゃあ」

袈裟懸けにされ、大きな猫がばたりと倒れた。

見る見る集まる人だかり。

「しまったあ」

叫びながら十手《じって》を手にした義平と留吉が駆け寄る。

「おお、親分」

提灯《ちょうちん》で照らされた死骸は顔は猫、からだは人、まだら模様の猫の皮を全身にまとった全裸に近いなまめかしい女であった。

「先生の思惑通り、これは見世物の猫娘ですぜ」

「やはりそうか」

「両国からつけてきたんですが、途中で見失いました。どこかで猫の皮に着替えてやがったんだな」

血刀を拭う十兵衛に芳斎が言う。

「斬らずともよろしかったのに」

「いや、若様のお命がなにより大事」

十兵衛は倒れている竹丸の前にしゃがみ込む。

「若様、お気をたしかに」

が、竹丸は気を失ったままである。

芳斎が義平に言う。

「親分、若様を黒江町の番屋までお運びしてくれ」

「へい」

義平の指図で、竹丸は番屋に運び込まれた。

定番の老人がすばやく床を用意し、竹丸を寝かせる。

「若様、お気をたしかになさいませ」

十兵衛が横たわる竹丸を見守る。

「ううっ」

一瞬、気を取り戻した竹丸が宙をつかみ、がっくりと首を垂れる。

「おおっ、いかがなされた」

芳斎が竹丸の脈をとり、胸に耳を当て、首を横に振る。

「十兵衛殿、わたしのしくじりだ。若様はもうこと切れておられる」

「なんと」

十兵衛は横たわる竹丸をゆするが、びくともしない。

「かくなる上は」

その場で腹を切ろうとする十兵衛を芳斎は止める。

「十兵衛殿、はやまってはいかん。死んで詫びねばならぬのはわたしのほうだ。が、これで敵の正体、わかりましたぞ」

「なんと申される」

「竹丸様の猫嫌い、猫を恐れるご気性を知る者。竹丸様を憎み、邪魔ものとして取り除こうとする者」

十兵衛の顔が悲しみから怒りに変わる。

「まさか。お世継様が」

「うむ。兄弟の争いほど醜いものはない」

「しかし、お世継様も猫に襲われなされたと」

「お殿様の依頼でわたしが乗り出したのを知り、家老や宿直の者と示しあわせた狂言でござろう。これからすぐ、三田のお屋敷に参り、竹丸様ご逝去のこと、淡路守様に伝えねばなりません。十兵衛殿は生き証人、ぜひともご一緒にお越しくだされ」

「しかし、若様をこんなところに置いていくわけにはまいらぬ」

「敵の目がどこにあるかしれませんぞ。この場は町方の手先、義平親分に頼みましょう。親分、お役人のご検分が済むまで、よろしくお願いする」

「心得ました」

「十兵衛殿、敵はすぐに次の手を打って出るに相違ない。ここは先手を取らねば。すぐに三田のお屋敷へ。和太さんもいっしょに来てくれ」

三

三田の上屋敷に着いた芳斎、十兵衛、そして和太郎は、留守居役の田中三太夫に迎えられた。

「庭先に回られよ。拙者がご案内いたす」

庭にはすでに篝火《かがりび》が焚かれ、広縁には藩主淡路守を中心に、世継松之丞、側室お梅の方が並び、その後ろに家老の堀田帯刀が控えていた。

わあ、みんなそろっているよ。和太郎は内心、驚く。

「芳斎殿、これは手回しのいいことですな」

十兵衛がささやく。

「実は昼間にお殿様にお目にかかり、今日、深川に竹丸様をお連れすること、そこで化け猫を捕らえ、敵の正体を明かすことをお伝えしていたのです」

「さようでしたか」

三人が平伏するや、三太夫が大声で報告する。

「鷺沼芳斎以下の者、参上つかまつりました」

「面《おもて》を上げよ」

淡路守に言われて、三人は顔を上げる。

上目遣《うわめづか》いに広縁をちらっと見て、和太郎は思う。ああ、あれがお世継の松之丞様か。たしかにぱっとしないが、意地悪そうな目つきだなあ。あ、こっちがご側室のお梅の方様か。四十過ぎの大年増、だけど色っぽいなあ。お殿様が骨抜きにされるのも無理ないや。

「芳斎」

「ははあ」

「只事ではない様子。なにがあったか申してみよ」

「申し上げます。ご当家に伝わる猫の祟り、それになぞらえた悪事の顛末、もつれた糸が解けましてございます」

「はい、今宵、再び竹丸様が深川で襲われなされ」

「なんと、竹丸が」

お梅の方が声をあげる。

「お命を落とされました」

一同は驚く。

「それはまことか」

「身の丈五尺の大猫に襲われなされ、恐ろしさに心の臓が止まったものと思われます」

淡路守は悔しそうに吐き捨てる。

「猫を恐れて死ぬるとは、不甲斐ないやつ」

「おお、竹丸がのう」

お梅の方が泣き崩れる。

「大猫は黒須十兵衛殿に一刀のもとに成敗されましたが、その正体は両国の見世物、猫娘でございました。顔を巧みに化粧し猫のごとく作り、動きもまさに猫そのもの。竹丸様は幼時よりことのほか猫を恐れておられるとの由《よし》。そこで猫娘を雇い襲わせた
「糸が解けたか」

ものと思われます」

「なにものがそのような真似を」

「悪事を仕組み竹丸様を死に追いやった下手人はこの場におられます」

「なんと申す」

「血を分けた兄弟の憎しみは他人よりも深く強いとか。兄による弟への妬みが痛ましい死を引き起こしました」

「血迷うたか、芳斎。滅多なことを申すと、ただでは済まぬぞ」

いきりたち、芳斎を睨みつける松之丞。

「滅相もない。この場におられる下手人とは松之丞様ではありませぬ」

芳斎は一同を見回す。

和太郎は驚く。えっ、松之丞様でないとすると、いったいだれだよ。この場にいる下手人は。

「竹丸様のお命を奪ったは」

芳斎は横で控えている十兵衛を見る。

「これなる黒須十兵衛殿」

一同の目が十兵衛にそそがれる。

不敵な笑みを浮かべる十兵衛。

「芳斎先生。気でも触れられたか」

「いや、いたって正気ですぞ、十兵衛殿。あなたには、竹丸様を死に追いやるだけのわけがあった。できれば、松之丞様のお命も狙うつもりだったのでしょう」

「なにゆえに」

「なぜなら」

芳斎はぐっと十兵衛を睨みつける。

「なぜなら、あなたは淡路守様の御落胤《ごらくいん》だからです」

「おお」

驚きの声をあげる一同。

「そうでございましょう、お殿様」

「うっ」

芳斎に問い詰められうろたえる淡路守に、松之丞が問う。

「父上、それはまことですか」

「うむ」

芳斎もぐっと淡路守を見つめる。

「お殿様、いかがでございますか」

淡路守は力なくうなずく。

「千里眼の芳斎、見事である。と言いたいところじゃが、まことに恐ろしい男よ。なぜわかった」

「ひとつには、子は親に似ると申します。体軀もお顔も豪傑肌のお気質も、十兵衛殿は淡路守様にそっくりではございませんか。松之丞様や竹丸様よりも、よほどお殿様に似ておられます」

一同は十兵衛と淡路守を見比べる。

あ、ほんとだ。急ななりゆきに目を丸くしていた和太郎、思わず納得する。

「もうひとつは、どんなに剣術の腕が優れていようと、この泰平の世に仕官はなかなか難しい。ましてや商人の出自で重用されることなど」

「父上っ」

いきりたった松之丞が声を荒らげ、淡路守に問いただす。

「いかなることでございますか。さすれば、黒須十兵衛はわたくしの兄、そのような大事、なにゆえ隠しておられたのですか」

「許せ、松之丞」

淡路守は一同を見回す。

「みなも聞くがよい。三十五年前、わしは本所の下屋敷で部屋住みであった。ときどき屋敷を抜け出し、近所の酒屋へ酒を買いに行く。部屋住みの身では屋敷で気ままに酒も飲めぬ。酒屋の娘がわしを若党とでも思ったのか、親切にしてくれてのう。香代《かよ》と申す美しい女子であった。やがてねんごろになったが、ちょうど世継であった兄が急な病《やまい》で亡くなり、わしが世継としてこの本邸に移ることが決まった。下屋敷を立ち去る前にわしは香代に身分を明かし、困ったことがあればいつでも知らせるようにと申したが、音沙汰はなく、それ以後は香代とは一度も会ってはおらん。十年前に十兵衛が訪ねてくるまでは、子が生まれたことさえ知らずにいたのじゃ」

十兵衛は鼻先で笑う。

「ふん、薄情な父親ですねえ。実はあたしも知らなかったんです。自分がお殿様の子だなんて。子供の頃は餓鬼《がき》大将で喧嘩ばかりしておりました。近所の小《こ》っ旗本《ぱたもと》や御家人の子たちと殴りあったりして、長ずるに町道場へ通って、どうも自分は商いよりも剣術が向いてるんじゃないかと思うこともしばしばで、そんなとき、おふくろが亡くなりまして、いまわの際《きわ》で、おまえの本当の父親は、という話」

ぽかんと口を開けたまま聞いている和太郎。ほんとかよう。

「おふくろはずっと心に秘めていたのでしょうね。お屋敷に迷惑がかかってはいけないと。酒屋のひとり娘だったので、番頭を婿《むこ》にして、すぐにあたしが生まれたというわけです。驚きましたが、なんだ、やっぱりそうだったのかという気にもなりました。おとなしくて気立てのいい弟は、おとっつぁんにそっくりなのに、あたしは全然似ていませんでしたから。そこで、店は弟に譲って、ますます剣術に励み、免許皆伝の後、お父上を、あ、お父上と呼ばせてくださいましね、お殿様。お父上を訪ねたのです。思わず笑ってしまいましたよ。あんまりあたしにそっくりなんで」

淡路守は肩を落とし、大きく溜息をつく。

「血は争えぬ。まるで昔のわしを見るようであった。わしには世継の松之丞、その下に竹丸というふたりの子がすでにあり、今さら現れた落とし胤《だね》を公《おおやけ》にはできぬ。だが、十兵衛、わしはそなたを行く行くは重職に取り立てるつもりであった。その剣の腕、その器量、必ず家老として山上の家を盛り立ててくれると思うたに」

「あたしも最初はそのつもりだったんですよ」

「では、なにゆえこのようなだいそれたことを」

「竹丸様はお優しい方で、いろいろと気心が通じ、下世話の話を喜んでくださり、なんと岡場所へも何度もごいっしょしております。あたしのことを実の兄の松之丞様より、よほど兄のようだとおっしゃってくださったときは、ちょっとうれしかったなあ。考えてみりゃ、あたしもほんとは実の兄なんですけどね」

和太郎は下屋敷に参上したときのことを思い出し、うなずく。

芳斎が十兵衛に問う。

「それなのに、どうして竹丸様の命を奪うような真似をしたのですか」

「最初はそこまでは考えていなかったんです。お父上はなかなか隠居なさらない。来年はいよいよ、お世継の松之丞様がお家相続なさるだろう。竹丸様も肩身が狭くなるだろうし、そうなると、あたしの立場も先行き不安です。で、考えたんですよ。松之丞様でなく、竹丸様をお世継にできないかと。そのあたりのことは、お梅の方様にもご相談させていただきました。そうですよね」

お梅の方は顔を伏せる。

「そこで、思いついたんです。山上のお家には代々猫が祟るという話。お世継が化け猫に殺されても、だれも疑わないのではなかろうか」

芳斎は首をひねる。

「しかし、あなたが雇った猫娘は、最初に深川で竹丸様を襲っているが」

「あれはただの脅しです。竹丸様のお顔を軽く引っかいただけで。そのあと、お屋敷の松之丞様のご寝所を襲い、お命を頂戴すればいいと」

「おのれっ」

松之丞は歯噛みする。

「でも、それよりも前に深川の番所で芳斎先生に会っちゃったんです。そうですよね、先生」

「うむ」

「その名も高い千里眼の芳斎先生をうまく抱き込めば、さらに面白いことになるんじゃないか。それで、お父上にさっそく竹丸様が化け猫に襲われ、その場に目利き芳斎先生が居合わせたと伝えました。すると、お父上はさっそく、湯島の梅花堂に行かれたのですよ」

なんだ、そういうことだったのか。和太郎は平伏したままうなずく。

「ふふ。そこで、最初の筋書きを少し変えました。化け猫は今度はお屋敷の松之丞様を襲うが、殺しはしないと。長年お仕《つか》えしているので、松之丞様のご寝所の場所もよくわかります。猫娘は両国で見世物に出てはおりますが、あれは夜はお屋敷をもっぱら狙う盗人《ぬすっと》ですよ」

ええっ、猫娘が盗人だって。和太郎は内心驚く。

「ご寝所の場所を教えたら、心得顔で忍び込みました。ただ、松之丞様が思ったよりも武術に通じておられて、化け猫の肩を懐剣で突かれた。猫は怒っておりましたよ。話が違うじゃないかと。本気で若様を嚙み殺そうかと思ったら、宿直の侍がどやどや出てきて、あわてて逃げ出したと。あとで割り増しを取られましたが」

「なるほど、あの猫娘は鼠小僧の係累か」

「次の一手は深川で竹丸様を猫が襲うように仕向けようと。すると、いい塩梅に岡場所の女から竹丸様に文が届きましてね」

「まあ、竹丸に岡場所の女から」

お梅の方が眉をひそめる。

「そこで芳斎先生に相談しますと、敵の正体を見破るいい折だから、ここは化け猫をおびき出そうとおしゃる。これはあたしの思う壺」

ははあ、最初から連れ出す気だったんだな。と和太郎はうなずく。

「竹丸様が深川に行くことになり、猫に襲われ殺される。となると、お屋敷で松之丞様が猫に襲われたのは狂言で、猫を雇って仕組んだのは竹丸様を苦々しく思っているお世継の兄上様というわかりやすい筋書き。これを芳斎先生がその通りに解けば、松之丞様は猫を仕組んだ張本人。お世継から廃嫡。竹丸様は命を落としており、このま

までは お家断絶になりかねない。そこで落とし胤のあたしにお鉢が回ってくるという寸法でした」

　ふうん、回りくどいけど、考えたねえ。和太郎はますます感心する。

「十兵衛殿、そのためにわたしを巻き込んだのですね」

「あたしの一番の失敗がそれでした。芳斎先生を一枚加えて、色をつけようとしたために、結局のところ、なにもかも見破られることに。さて、竹丸様を死に追いやった以上、もはや逃れられません。正直にすべてお話ししましたので、これにて」

　十兵衛はさっと脇差を抜き放ち、腹に。

　その刹那、松之丞がぴゅうっと投げた小柄《こづか》が十兵衛の肩に刺さる。

「うっ」

　肩を押さえる十兵衛の手から脇差を奪い取り、芳斎が羽交い絞めにする。

「お放しくだされ、芳斎殿。武士の情けじゃ。最期だけは武人《もののふ》として、己の命、まっとうしたい」

「はやまるでない。十兵衛」

　座敷の奥から甲高い声がする。

　一同が振り返ると、そこに町人姿の竹丸が現れる。

「おお、竹丸」

　お梅の方が駆け寄る。

「そなた、無事であったか」

「母上、ご心配をおかけいたしました」

「しばらく会わぬうちに、そなたも岡場所へ通う年頃になったのじゃなあ。あのような場所の女子に文を貰って喜ぶとは、慎みなされ」

「おっしゃいますな。お恥ずかしゅうございます」

　和太郎はさらに感心する。うちのおっかさんと同じだよ。せがれが岡場所に行くのを咎《とが》めるのは。

　芳斎に押さえつけられ、十兵衛が呻く。

「竹丸様、生きておられたのか。これはいったい、どういう」

「芳斎殿の手筈通り、死んだ真似をいたしておった」

「なんと」

　芳斎が一同を見回す。

「わたしから申しましょう。前回、竹丸様は猫を恐れるあまり気を失われた。次もまた、道中どこで猫が現れるかはわかりませんが、猫は必ず命を狙います。刃物で突くか刺すか、喉首に嚙みつくか。その前に胸を押さえて死んだ真似をなさいませと。さすれば、猫は戸惑うはず。そこを手捕りにすればよい。が、手捕りにする前に、十兵衛どのが斬ってしまわれた」

「十兵衛の太刀捌《さば》き、死んだ真似をしていたので、見損ねたのが残念である」

和太郎は内心、首を傾げる。死んだ真似って、あれかい。山道で熊に出会ったときにするやつか。

淡路守がぐっと芳斎を睨む。

「では、芳斎、そのほう竹丸が生きておると知っておったのじゃな」

「はい、竹丸様と示し合わせ、十兵衛殿を欺《あざむ》くための芝居でございました」

「さようであったか。わしらも騙されたぞ」

和太郎は上目遣いで芳斎を見る。ああ、俺も騙されたよ。先生、ひどいや。

「父上、申し訳ございませぬ」

竹丸が淡路守の前に手をつく。

「早く駆けつけようと、深川から駕籠を飛ばしました。が、この風体《ふうてい》ですので、なかなか門の内へ入れず」

あの門番、怖い顔だからなあ。と和太郎はうなずく。

「母上、わたくしは、お家を継ぐ気はありませぬ。父上、一日も早く、お世継の兄上に家督をお譲りくださいませ。そうでなければ、国がふたつに割れ、お家騒動の種ともなりましょう」

「うん、竹丸。よう言うた」

淡路守は大きくうなずく。

「すぐにも隠居を願い出ることにいたそう。松之丞」

「ははあ」

「わしはそなたを見くびっておったようじゃ。部屋に閉じこもり本ばかり読むのは不甲斐ないと思うておったが、さきほどの小柄の技、見事である」

「畏れ入ります」

「お梅」

「ははあ」

「竹丸の申すこと、もっともじゃ。この後、竹丸を主君になどと、考えてはならぬぞ」

「お恥ずかしゅうございます」

「わしは隠居の後は、下屋敷に移る。お梅、そなたもいっしょに参れ」

「はい」

「竹丸とともに、三人で、のんびり暮らそうぞ」

お梅の方は深々と頭を下げる。

「殿、うれしゅうございます」

「十兵衛」

「はい、お父上様」

「そなたのこのたびの猫騒動、ひとつ間違えば、本物のお家騒動ともなり、ご公儀よりどのようなお沙汰がくだされたことやら。芳斎、それを未然に防いだはそのほうのおかげじゃ。淡路守、礼を申すぞ」

「もったいないお言葉」

「十兵衛、そなたのたくらみ、決して褒められはせぬが、もともとはわしのまいた種でもある。竹丸の無事もわかり、松之丞はすぐにも藩主となる。そなたが斬ったのは化け猫一匹、以後は命を粗末にいたすな。決して腹など切ってはならぬぞ。十兵衛の処分については穏便に済ませようと存ずる。みなの者、よいな」

「ははあ」

ひれ伏す一同であった。

四

いよいよ三月も終わりに近づき、窓の外には初夏の爽やかな風が吹くきざしを見せていた。

芳斎は梅花堂の二階で煙管をくわえながら、床に並べた瓦版《かわらばん》を眺めている。

とんとんと階段を上がり、和太郎がひょっこりと顔を出した。

「へへ、先生、またその瓦版をご覧ですか」

閑なんだなあ。

「和太さん、おまえもね」

え、おまえもって、俺が先生が閑なんだなあと思ったのがわかったのか。

「うん、わかった」

「やめてくださいよ、まだなんにも言ってないのに、人の心を読むのは」

「別に読もうと思って読んでいるわけではないんだが、おまえさん、なんでも思ったことが顔に出るだろ。まるで本を読むようによくわかる」

「まあ、いいや。でも、もう三日ほどずっと見てるでしょ、その瓦版。飽きないんですか」

「飽きないねえ。江戸っ子というのは、どうも化け物が好きらしい。深川の藪《やぶ》に出た化け猫。それをどこかの浪人が退治したという読み売り。このおどろおどろしい絵はどうだい」

竹藪からぬっと顔を出す大きな化け猫。抜き身を手にした浪人がそれに向き合っている絵である。

「見ましたけどね。この絵の化け猫、顔だけでも浪人より大きいじゃないですか」

「うん、それぐらい大きくないと、絵にならない」

「十兵衛さんに斬られたのは見世物の猫娘ですけど、そんなことはひとつも書いてない。売れっ子の女郎が朋輩《ほうばい》に妬まれていじめ殺され、可愛がってた猫が朋輩を食い殺して、夜な夜な竹藪に現れ、通りかかる者を次々と襲うので、武者修行の旅の浪人がこれを退治したという。とんでもない嘘っぱちじゃないですか。朋輩にいじめ殺される女郎の話、これって、山上様のお家に伝わる話とそっくりですね」

「山上様に限らない。有馬様や鍋島様にも似た話はあるよ。どれも殺された飼い主の敵《かたき》を猫が討つという筋書きだ。鶴屋南北《つるやなんぼく》の芝居にもなって、何度も繰り返されているからな」

「芝居になってるんですか、化け猫」

「ちょっとした芝居好きなら、みんな知ってる話だよ」

「ふうん、だけど、この瓦版の絵、化け猫退治の浪人は、なんだか十兵衛さんに似てますね」

「十兵衛さんは絵になる豪傑だからな」

「あ、そうだ。一月に出た瓦版の熊退治、たしかあれも浪人が熊を退治してる絵でしたねえ」

「うん」

「あの浪人が今度の化け猫も退治してたなんて、世間が知ったらびっくりするでしょうね」

「そうなると、化け猫と大熊に挟まれ、二刀流で立ち向かう宮本《みやもと》武蔵《むさし》の絵になるだろう」

「違いありません。瓦版なんて、嘘八百だから、そのくらいのこと平気で書きたてますよ」

「本当のことは書いていないかもしれないが、本当であってほしいこと、本当だったら面白いのにと思うことが書かれている。そのために瓦版の版元は知恵をしぼっているのだろう。いくら立派なことを書いたって、面白くなければ、そんなものにはだれも銭は出さないからね」

「なるほど、その通りです。だから、こんな大きな顔の化け猫になるんだなあ。それにしても先生、化け猫の正体が両国の猫娘だなんて、よくわかりましたね」

「ああ、あれはおまえさんのおかげだよ」

「あたしの。どういうことです」

和太郎は怪訝《けげん》そうな顔で芳斎を見る。

「初めて本所の下屋敷に行った帰り道、おまえさん、しきりに驚いた、驚いたと繰り返してたじゃないか。そのとき、言ったんだ。化け猫をとっ捕まえて両国の見世物小屋に売れば、いい金儲けができると」

「え、そんなこと言ったかなあ」

「言ったよ。そのとき、ぱっと思い浮かんだんだ、猫娘の絵看板が。それで、義平親分に頼んでいろいろと調べてもらったんだよ」

「なんだ、そうだったんですか。先生、なんにも教えてくれないからなあ」

「おまえさんに内幕をばらすと、顔に出るから、相手に悟られる」

和太郎は苦笑する。

「まあ、あたしがいっしょになって騙されてるほうが、先生もやりやすいんでしょうよ」

「そういうことだ」

「あ、こっちもまた嘘っぽいんだよ。猫屋敷の消えた死骸」

和太郎が手にした瓦版には舌なめずりしている大きな猫、血で染まった座敷、床下に散らばる人骨が描かれている。

「強欲な金貸しが猫に食われて、死骸が床下で見つかったたって。これ、丹波屋の一件がもとになってるんでしょうけど、あまりに違いすぎますね」

「うん。だけど、思うに今回の丹波屋の一件と山上家の一件と、どちらも猫にかかわるところは似てるだろう」

和太郎はぽんと手を打つ。

「そういえば、そうですね」

「丹波屋では猫を殺した佐助が疑われたが、お構いなしとなった」

「先生の謎解きのおかげです」

「山上家の一件では猫娘を斬った十兵衛さんが、悪事を白状したが、お殿様は穏便にはからうということだった。どちらも猫を殺した下手人が、たいした罪にならなかった」

「それどころか、佐助さんは丹波屋の身代を手に入れましたしね」

「あれはおまえさんのお裁きのおかげだ」

「へへ、これにて一件落着」

とんとんとんと階段を卯吉が上がってくる。

「お客様です」

「ほう、目利きかい、それとも」

「丹波屋の旦那様が先生に目利きをお願いしたいと」

にんまりとする和太郎。

「噂をすればなんとやらですよ。卯吉、上がっていただきなさい」

「へーい」

今は丹波屋佐兵衛となった佐助が畳に手をつき、深々と頭を下げる。見るからに落ち着いた商家の主人である。

「芳斎先生、梅花堂さん、その節は大変お世話になりまして、なんとか商いのほうも細々とではございますが、やらせていただいております。これもひとえにおふたりのおかげ、なんとお礼を申してよいやら」

「うん、佐助さん、じゃない、佐兵衛さんだね。今も和太さんとおまえさんの噂をしていたところだ」

「え、なんでございましょう。先ほどからくしゃみが出ると思っていたら、そうでございますか」

「佐兵衛さん、これですよ」

和太郎が瓦版を見せる。

「金貸しが猫に食われて、床下に骨が」

「わっ、これは不気味だ」

佐兵衛は笑う。

「ですが、場所も店の名も出てはおりませんね。あの一件を知っていれば、察しもつくでしょうが。これじゃ、引札にもなりません」

「ところで、今日はなにか目利きの用とか」

「はい」

佐兵衛は風呂敷を差し出す。

「先生に見ていただきたい品がございまして」

「ほう」

「これでございますが」

風呂敷を解くと、中に木彫りの猫の置物。眠っているような顔つきで長さは一尺ほど、彩色はされていないが、ほんものの猫に近い大きさである。

「あれ、また猫ですね」

和太郎が驚いたように言う。

「拝見いたそう」

芳斎は恭しく猫を捧げ持ち、ためつすがめつし、今度は天眼鏡で仔細に見入る。

「佐兵衛さん、これは質草かな」

「はい、先日、さるご浪人が持ってこられまして。思い切って一両をお貸ししました」

「え、この猫に一両も」

一両は多すぎる。半年間道具屋の帳場に座り、なかなか商売が身につかない和太郎でも、せいぜい五百文がいいところだと思える品であった。

「相当にお困りのご様子だったのです。いくらでもいいとおっしゃったのですが、一両と申しますと、驚かれて、そんなに貸していただければありがたいが、とても期限に利子をつけて請け出せない。一両も借りて流しては申し訳ないとおっしゃいます。

そこで、ご都合がつけばお越しください。期限が過ぎてもずっとお預かりしておきますと申しました」

ぽかんと口を開けて佐兵衛を見る和太郎。

「佐兵衛さん、あなた、なんて親切な」

「はい、柳橋のお白洲で、遠山様から世のため人のためになる商いをせよと申しつけられましたので」

「いやあ、そうでした」

和太郎は照れて首筋を撫でる。

「佐兵衛さん」

芳斎が言う。

「この猫をここへ持ち込まれたのはどういうわけかな」

「はい、よくよく調べますと、猫の背中のあたりに小さく甚《じん》という文字が彫られておりましょう」

「うん」

「まさかとは思いますが、ひょっとして左甚五郎だとすれば、大変な値打ちもの。それで先生にぜひ目利きをお願いしようと存じまして」

「たしかに甚の字が彫られている。これが左甚五郎の真作ならば、千両は下るまい」

「せ、せ、千両ですって」

和太郎は目を丸くする。

「もしこれが千両の猫だったら、佐兵衛さん、おまえさん、どうするつもりだ」

「もしもその猫にそれほどの値打ちがあるならば、ご浪人の住まいはわかっておりますので、すぐに駆けつけ、猫をお返しし、その値打ちをお教えいたします」

「これで儲けようとは思わないんだね」

「お金はいくらあっても入用でしょうが、人の道に外れるような商いはしたくありません」

「よく言った」

芳斎はにんまり。

「これはそう古いものじゃない。甚五郎の眠り猫に似せてはあるが、贋作《がんさく》でもない。おそらくは日光あたりの温泉宿で湯治客《とうじきゃく》に売る土産物《みやげもの》だよ。甚の字は言ってみれば、甚五郎にあやかってつけているだけだ。よくできているし、この大きさだと、まず、五百文だろうか」

「先生からそれをうかがい、ほっといたしました」

佐兵衛は笑う。

「ご浪人が請け出しに来られるまで、よくできた猫なので蔵の鼠よけにいたしましょう。あたしが手にかけた三毛と思って、毎日手を合わせます」

「うん、それがいいね」

「そうそう、今日うかがいましたのは、もうひとつ、お伝えしようと思いまして」

「なんだね」

「このたび、所帯をもつことにいたしました。というか、もういっしょに暮らしております」

「なんだって、佐兵衛さん、お嫁さんをもらったんですか」

羨ましそうな和太郎である。

「はい、出戻りなので、あたしよりはいくらか年上ですが、お玉《たま》はなかなかよく気のつく女でして」

「え、お玉さん」

「はい、裏のお熊婆さんの娘です」

「驚いたなあ、もう」

「で、今度、ささやかではございますが、祝言《しゅうげん》の宴《うたげ》を開きます。先生、和太郎さん、ぜひおふたりにはお越しいただきたく」

「もちろん、ぜひともうかがいますよう」

　ふたつ返事の和太郎である。

「実は、お願いがございます」

「なんだね」

「例のお裁きの話はどうかご内密に」

「消えた死人の謎、その真相を知っているのは、私と和太さんと義平親分、それにお旗本の桑山様、お熊婆さんだけだ。私も和太さんも親分も口は固い。桑山様も滅多なことはおっしゃるまい。すると、佐兵衛さん、お玉さんとやらを嫁にするのは、婆さんの口封じかい」

「いやあ、千里眼の先生にあっちゃ、かないません」

　立夏《りっか》が過ぎ、四月朔日《さくじつ》の衣替えも終え、気持ちのいい初夏である。不忍池の蓮は午後の陽光を浴びて、輝いている。

　芳斎は煙草を吹かしながら、ぼんやりと池を眺めていた。

「先生、こちらでしたか」

振り返ると旅装の十兵衛が笑っている。

「おお、十兵衛さん」

「先ほど、梅花堂さんに立ち寄り、和太郎さんに挨拶をしてきたところです。先生はたぶんここだとうかがったので」

「ときどきね、池を眺めたくなるんです。こうしてぼんやりと風に吹かれていると、乱れた心が鎮《しず》まるような気がして」

「ほう、先生でも心乱れることがおありなんですか」

「ありますとも。謎解きは好きだが、どうも悪事は好きになれない」

「こりゃ、一本、参りました。悪の張本人としては」

「旅に出られるのですか」

「お家を乗っ取ろうとした悪人ですが、どうにか切腹は免れまして、御役御免の上、追放という軽いお沙汰でした。御落胤とわかった以上、あたしのような者がいては、なにかと都合が悪い。お屋敷勤めに未練はありません。そこで剣一本で世渡りしようと思い、武者修行の旅に出ることにいたします」

芳斎は十兵衛をとっくりと見定め、うなずく。

「そのほうがあなたに向いているとわたしも思います。山中で熊が出ても化け猫が出ても、あなたなら平気でしょうから」

「この歳になるまで、江戸を離れたことがないので、ちょいと楽しみです。あ、そうそう、出立前に、ひとつうかがっておこうと思ったのですが」

「なにか気になることでも」

「二度目に竹丸様を深川に誘い出し、猫に襲わせようとしたのですが、先生から行くなと言われていて、竹丸様も怖がっておられる様子。そこへ深川の女から文が届いた。あたしは渡りに舟と思ったんですが、どうも都合がよすぎるのではないかと」

　芳斎は笑う。

「あの文、笹屋のお染にわたしが書いてもらいました」

「はあ、先生が」

「本所菊川町の相模屋の若旦那、竹次郎宛てにね。お染に一両渡すと、大喜びで、思い切り艶《つや》っぽいのを書いてくれましたよ。頃合いを見はからってわたしが出したのです」

「一両もする恋文とは、道理で若様、居ても立ってもおられぬご様子でした。今度のことでは、先生にはまったく出し抜かれました」

「わたしもひとつ、お聞きしたかった」

「なんでしょう」

「若様が大猫に襲われ死んだ振りをされ、わたしが脈をとって首を横に振ったとき、あなた、腹を切ろうとなさった。芝居でしたか」

「いや、思わず知らず、とっさにあんな真似を。自分でもよくわからないのです」

十兵衛は決まり悪そうに首筋を撫でる。

「先生が止めてくださらなければ、あるいは本当に切っていたかもしれません」

「真《しん》に迫っていましたよ。あなた、根っからの悪党ではありませんね」

「悪にもなりきれず、侍にもなりきれなかった」

「いずれにせよ、十兵衛さん、あなたの仕組んだからくり、手が込んでいて、なかなか面白かった」

「そうお思いですか」

「糸をほぐすのに、楽しませていただきましたよ」

十兵衛は少し考え込む。

「ならば、先生にお伝えしておいたほうがいいか」

「なんですかな」

「あたしは剣術の腕前は免許皆伝ですが、学問のほうはさっぱりでして。ことに難しいことをあれこれ考えるのは性に合わない。先生にあっさりと騙されて、庭先で悪事をぺらぺらしゃべるような男です。そのあたしがどうしてあんなお家乗っ取りだなんてだいそれたことを考えついたか」

　芳斎は身を乗り出す。

「十兵衛さん、あれだけの悪事をたくらんだあなたが、わたしの計略にまんまと乗せられた。たしかに意外でした。まだ腹に一物《いちもつ》あるのかと思っておりましたが、あっけない一幕でしたな」

「あたしひとりじゃ、とても書けない筋書きです。実を申せば、あの幕には狂言作者がいたのです」

「なんですと」

　十兵衛は思いをめぐらすようにゆっくりと語る。

「先月の初め頃でしたか、日暮れ前に柳原の土手をひとりで歩いておりますと、もし、と声をかけられたのです。柳の下に幽霊ならぬ易者が出ておりましてね。あたしは占いのような胡散臭いものは信じない質《たち》ですから、そのまま行き過ぎようとしますと、町人の出で屋敷勤めは肩が張るのう、そんなことをいきなり言いますから、気になって引き返しました」

「ほう」

「どうしてそんなことを言うのだと問い詰めますと、当たるも八卦《はっけ》当たらぬも八卦とふざけたことを申します。が、話しているうちに、あたしの素性をどんどん言い当てる。それが易者の手口でしょうが」

「素性を言い当てる」

「というか、巧みに引き出すのです。気がついたら見も知らぬ易者に、若様を当主にしたいという思いまでぺらぺらと打ち明けておりました。すると、お世継をうまく取り除く手立て、お家の言い伝えをうまく使えばよいと」

「なんと」

「どうするのかと聞きますと、十両で伝授すると申します。手元には二両しか持ち合わせがありません。明日、同じ刻限にこの場所に残りの八両を持ってくれば、そのときによい手立てを教えると」

「お世継を取り除く手立てを十両で」

「十両は法外ですが、知らず知らず乗せられて、二両を手渡しておりました。考えたら馬鹿な話。明日行けば易者などおらず、まるまる二両もの大金を騙し取られただけかもしれない。が、翌日に八両を手に柳原に行きますと、ちゃんと柳の下に見台を置き、易者が待っておりました。そこで残金と引き換えに化け猫の筋書きを指南されたのです」

「両国の猫娘は」

「その易者が教えてくれました。昼は見世物、夜は盗人。金次第で悪事を引き受ける性悪女《しょうわるおんな》だと」

　芳斎は真顔でうなずく。

「そうでしたか。堅気《かたぎ》の商人から剣術使いになり、屋敷勤めとなったあなたと猫娘とのつながり、わたしもそこが気になっていたのです」

「そのとき、易者があたしの顔を天眼鏡でじっと見て、言いました。若様を盛り立てるのもいいが、貴殿の顔には主君の相があるようだと。魔が差すとでも申しましょうか、その一言がこの胸に突き刺さり、あのようなだいそれた悪事をくわだてました」

「易者の名は」

「わかりません。歳の頃はあたしと似たり寄ったりか。あたしは武芸をやっておりますので、その易者、なかなかできると見ました。横柄な物言い、もとは身分のある侍ではなかったかと」

「身分のある侍」

「先生は人の素性を見抜き、失せ物や尋ね人、謎解きで世のため人のために尽くしておられるが、人の素性を言い当て、大枚と引き換えに悪事を指南する者もいるのですね」

「その易者の風体、覚えておられるか」

「痩《や》せて、青白い顔に無精髭《ぶしょうひげ》、目だけが鋭く光っており、柳の下だけに幽霊を思わせる不気味さでした。思えば恐ろしい商売もあるものだ」

十兵衛はにっこり笑って頭を下げる。

「では、先生。あたしはこれで」

「お気をつけて」

颯爽《さっそう》と去りゆく十兵衛を見送りながら、芳斎はひとりの男を思い浮かべていた。

痩せて、青白い顔に無精髭、鋭く光る目。金で悪事の指南を請け負う易者。あの男ではあるまいか。

昨年、師走の一件。由緒ある旗本でありながら、悪に走り首を小塚原《こづかっぱら》に晒《さら》した千《せん》田小次郎《だこじろう》。屋敷から行方をくらました兄の名が千田彦十郎《ひこじゅうろう》。大晦日《おおみそか》に湯島天神境内でふいに現れた死神のような風貌が忘れられない。

武鑑によれば、千田家は足利《あしかが》幕府に仕えた千田判官盛貞《はんがんもりさだ》を遠祖とする名家で、失踪した千田彦十郎の諱《いみな》はたしか盛敦《もりあつ》であった。

時代小説

二見時代小説文庫

猫《ねこ》化《ば》け騒動《そうどう》　目《め》利《き》き芳斎《ほうさい》　事件帖《じけんちょう》3

二〇二一年　四　月二十五日　初版発行

著者　井伊《いい》和継《かずつぐ》

発行所　株式会社　二見書房
〒一〇一-八四〇五
東京都千代田区神田三崎町二-一八-一一
電話　〇三-三五一五-二三一一［営業］
　　　〇三-三五一五-二三一三［編集］
振替　〇〇一七〇-四-二六三九

印刷　株式会社　堀内印刷所
製本　株式会社　村上製本所

ISBN978-4-576-21042-1
https://www.futami.co.jp/

藤木 桂

本丸 目付部屋 シリーズ

以下続刊

① 本丸 目付部屋 権威に媚びぬ十人
② 江戸城炎上
③ 老中の矜持《きょうじ》
④ 遠国御用
⑤ 建白書
⑥ 新任目付
⑦ 武家の相続
⑧ 幕臣の監察

大名の行列と旗本の一行がお城近くで鉢合わせ、旗本方の中間がけがをしたのだが、手早い目付の差配で、事件は一件落着かと思われた。ところが、目付の出しゃばりととらえた大目付の、まだ年若い大名に対する逆恨みの仕打ちに目付筆頭の妹尾十左衛門は異を唱える。さらに大目付のいかがわしい秘密が見えてきて……。正義を貫く目付十人の清々《すがすが》しい活躍！

二見時代小説文庫